御神乐学园组曲

废弃物无罪

3

〔日〕Last Note. /著

〔日〕明菜/绘　tomo/译

云南出版集团
云南美术出版社

R
k
i
e

藤白乙音

废弃物无罪

〔日〕Last Note. / 著
〔日〕明菜 / 绘　tomo / 译

云南出版集团
云南美术出版社

御神乐学园组曲③废弃物无罪

目录

CONTENTS

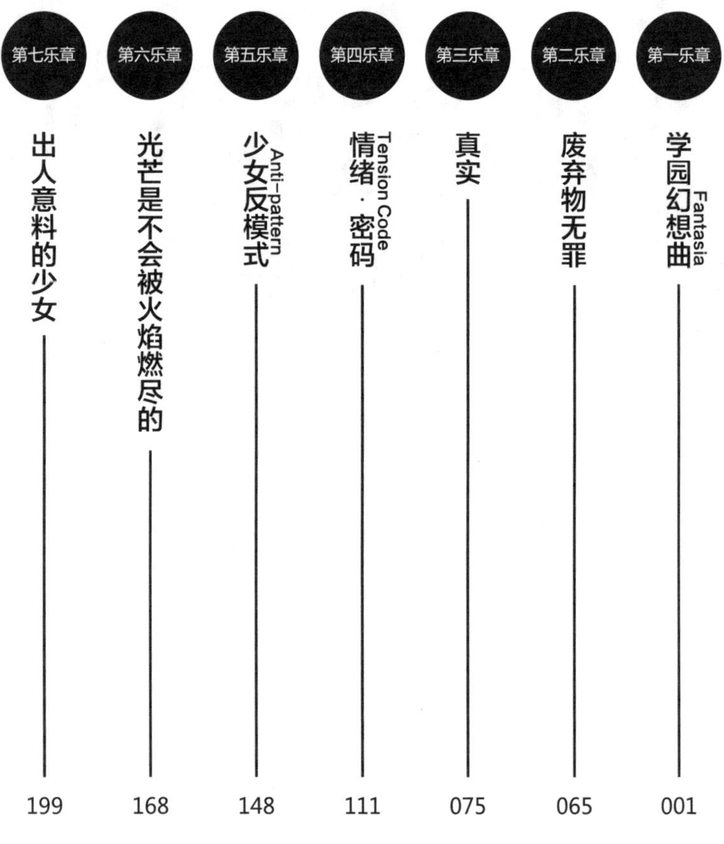

第一乐章 学园幻想曲 Fantasia

“绘，绘留奈，在下已经坚持不住了溜咿！虽然在下明白你的心情，但还是希望你能冷静一些溜咿！”

毕咪两只手满满地抱着一大堆食物，它那小身体几乎都快看不见了，一边哆哆嗦嗦地颤抖着，一边声明着自己已经到达了极限。

毕咪的抱怨让我回头瞥了它一眼，看起来它确实已经到了最大载重值。本来平常都是漂浮在半空中的它，这会儿已经双脚落地，迈开腿在地上走了。

然而我还是假装没看到一样，继续把战利品不断地强行塞在毕咪手上，然后只是横了叫着的毕咪一眼，就继续投身进热火朝天的抢购之中。

“如果你真的认为自己已经到了极限，就会连本来能做到的事情也变得做不到哦！所以不能有先入为主的想法！毕咪，要更相信你自己！”

为了让毕咪鼓起勇气，我还摆了个姿势大喊了一声“Fight”，不过毕咪的视野已经完全被挡住了，所以好像并没有看到我的动作。

但是，现在有一个天堂正在我眼前不断展开。每一分钟都涌现的新鲜感让我几乎大喊道:“连这都有?!”

我觉得，自己会变成现在这个状态也是没有办法的事情。

“章鱼烧加刨冰，还有杏子糖加上什锦煎饼！然后是章鱼烧加上章鱼烧！作为附赠再来一份章鱼烧！”

“你当章鱼烧是打开龙头的自来水吗溜咿？”

新人战第一场顺利结束，现在我终于能喘上一口气了。

学校里的空地上可以说就像过节一样，摆出了很多路边摊。空气中飘浮着香浓的味道，比赛之后褪去了紧张感的我和我的胃，一下就被这味道俘虏了。

大略看起来，每家店都是学生在售卖商品，也有些学生做了变装打扮，整个场面相当华丽而且喧闹，看起来就像是学园祭一样了。

“每一样都很好吃呢！第一场比赛也赢了，我现在的心情实在太好了！哼哼！偶尔也要请毕咪吃点东西嘛。来吧，你喜欢哪个章鱼烧？”

“选择范围限定在章鱼烧吗？要说的话，在下实际上不太能吃章鱼……”

“咦，为什么？因为毕咪你自己的脸长得像章鱼吗？所以会变得好像是同类相残吗？”

“还从来没人说过在下长得像章鱼呢溜咿！简直让在下想马上去照照镜子了！”

毕咪一脸震惊的样子，面孔都变得苍白，一边用整个身体支撑着我买的那些食物，一边发出了悲伤的喊叫。

暂且先不管那副沉浸在悲伤之中的章鱼脸了，总之，现在场面的热闹程度实在让人觉得夸张。

时间已经是下午，大概是因为课程都已经结束了，时不时能看到一些初中部的学生出现在场地中。投射在半空的巨大显示屏上，还在实时转播着那些没有结束的场次的赛况。

虽然叫作新人战，其实却不只是为了新生举办的，这也让我更明白，新人战为什么会像现在这样，成为一个让整个御神乐学园都能参与进去的盛大活动。

“对了，是我的错觉吗，为什么可爱的女孩子全都躲着我们走？啊，是因为看到有只章鱼在说话吗？”

“绘留奈，虽然在下不太想这么问……但是你说的章鱼该不会是指在下吧？她们之所以会躲着你走，是因为你目光如炬地盯着那些穿着初中部制服的女孩子看个不停，把她们吓到了溜咿！”

好像确实是这样……我多多少少也意识到了，她们会避开我们，是因为我的目光过于热忱的缘故。

我可是忍耐了再忍耐，才没有直接去触摸这些女孩子的，我希望自己这分足以媲美钢铁的强大意志力，能够得到应有的褒奖！

我的真实想法可是要用自己的双手抱住她们，用自己的脸颊蹭她们的脸颊啊。还想把她们带回去好好疼爱，还想对她们进行不合理的偏颇教育，让她们叫我姐姐大人呢！

我在脑子里想着这些事情一旦说出口，恐怕马上就会有风纪委员飞奔来阻止吧？

我一边想着这些有的没的，一边连续不断地把买来的一大堆食物送进嘴里。

“啊，好幸福！要是能减少普通课程，每天都举办这样的活动就好了啊！”

“虽然那样可能真的很开心，可是你买东西这么大手大脚，绩点数没问题吗溜咿？”

“绩点数……”

“怎么了？你这表情就像在说自己第一次听到这个单词似的，什么意思啊溜咿……”

我似乎反射性地迅速开始逃避现实了。

没错，仔细一想，我之前受气氛的感染，完全没考虑财力问题……绩点数确实用得有点太多了吧？

“能，能不能退货呢？现在马上就退……”

“在下觉得不行溜咿。而且你基本上都已经吃完了还说这种话。”

唉，没错。我嘴里现在还塞满了章鱼烧呢。如果我这么直接吐出来还能退货的话，反而会让人感到恐怖。如果摊主没有那种发烧友级别的恶趣味的话（像时雨那样的），是不会有人愿意接受的吧。

看看剩下的绩点余额，我终于了解到，只是赢了新人战的第一场其实是没有多少绩点奖励的。

“既然这样，除了继续打胜仗直到获得冠军呼啦啦地赚它一大笔之外，也没有其他选择了吧！”

不过，等到我获得冠军之后，万一有记者要找我做一个英雄人物的采访的话，至少对于获得了多少绩点这方面，我是准备守口如瓶的。

尤其在氛围的营造方面，要力求高于必需水平，就是要让人感觉到绩点什么的对我来说其实根本不需要，只要有获胜的荣誉就足够了。

虽然我也想过，可能的话最好连奖杯也能卖掉换成绩点数，不过群众的好感度也是很重要的，还是不要轻易损伤比较好。

随着食物一点点被吃掉，毕咪的负重也降低了，好不容易又能漂浮在半空中。我一边喂它吃章鱼烧，一边向前走去。

虽然现在还处在新人战的赛程中，在这片场地上却完全感受不到任何紧张感，到处都充满着一种享受节日的气氛。

不知道毕咪是不是看出了我的想法，它一边吃，一边开口说道：

“需要参加第二场比赛的学生，现在基本上都已经回房间休息或者去练习了溜咿，只有绘留奈你还是这么散漫溜咿。”

这真是太让人震惊了。

“你的话怎么说得这么难听啊？好歹说我是胸有成竹！”

不过经它这么一说，我才注意到身边确实没怎么看到一年级学生的身影。偶尔看到的几个，恐怕都是在第一场比赛里被打败的吧。

不过大家脸上也都没有什么悲壮的表情，看起来大多数战败的学生，心态上都认为反正已经输了，不如就买点美食享受一下的好。

“那，那边是不是书道部的摊位啊？不过小冰见和小花袋好像都不在呢。”

“那是卖苹果糖的溜咿。各个部门的代表都很忙的，这时候一般都会去看自己部门一年级新生的比赛，也有去担任裁判的，所以应该都不会在摊位这边溜咿。”

我一边走一边轻轻跟熟人们挥着手，然后就看到前方出现了一个人：

“……要不要来玩。头奖是一比一尺寸的奇迹超人特大玩偶哦。”

那个用极度缺乏活力的声音招呼着客人的人，是凑川前辈。

“……即使是不擅长正坐的女孩子，也可以玩得很开心的射击游戏，要不要来玩？”

他一直低着头，看起来好像根本没看到我，视线也没看向我们的方向，但是嘴里说着的招呼客人的台词，却相当有针对性。这不是完全锁定了我吗？

我想想自己剩下的那点可怜的绩点数，冷汗都流出来了，赶紧拉着毕咪的脖子朝湊川前辈看不到的方向狂奔而去。

“唔啊……突然搞什么溜咿！”

“你不是说部门代表不会出现在摊位上的吗？那边怎么就有一个啊！而且不管怎么看，都是他自己一个人在负责整个射击摊位吧？头上甚至还绑了头带……都努力到这个地步了，为什么就不愿意大声招呼客人呢？是不是应该再加把劲儿啊？”

“最后那几句话，希望你可以直接告诉湊川君溜咿……”

虽然毕咪说的确实也没错，不过这种话果然还是很难直接说出口吧。那样的音量，说不定就已经是湊川前辈尽了最大努力的成果了。

可是，为什么只有他一个人呢？花道部的其他成员都在做什么呢？

这么一想，我突然回忆起去花道部做入部体验的时候，毕咪曾经告诉过我的话。

“‘花道部的成员一年比一年少，现在除了湊川前辈之外，剩下的就只有几个没什么干劲也不出席活动的幽灵部员了’……是这样吧？”

毕咪什么也没有说，只是轻轻地点了点头，仿佛是在肯定我说的话一样。

这么一来，我的情绪又变得有点伤感了。我挪到一个能看清前辈身影的位置，偷偷地观察着他的表情。

凑川前辈还是低着头，连他那副表情让人看起来都觉得很难过。正当我这么想的时候——

“咦？给我等一下？为什么他突然露出一个说不上是笑还是不笑的笑容？是想练习微笑招徕顾客，结果却因为太僵硬而变成皮笑肉不笑了吗？”

“好，好可怕溜咿！他这种表情哪还有客人上门啊？你看那一对情侣，本来挺开心的，还嘻嘻哈哈地想要玩一下射击呢，结果一看到凑川同学那副表情，马上就神情严峻地闭上嘴快步走开了溜咿！”

原本是为了改善经营状况才做出的表情，却造成了令人哭笑不得的反效果。凑川前辈的努力导致事态完全不受控制，向着最让人遗憾的方向发展了。从另一个角度来说，这也算是挺可悲的了……

“明明目睹了这副惨状还假装没看到，我可做不到啊！如果我这么做了，今天晚上皮笑肉不笑的凑川前辈一定会出现在我的梦里吧！”

我有些左右为难，最后还是又朝着凑川前辈的方向冲了过去。可能是因为终于来了一个熟人，让他稍微放松了一些，凑川前辈收起了可怕的笑容，回复了平常那副中规中矩的表情。

“前辈，看店辛苦了！花道部的摊位是射击游戏吗？好像很有趣！”

我什么也没有看到！我刚才什么也没有看到！我一边努

1回
500pt

力地给自己洗脑，一边装作什么都没发生的样子，跟前辈打着招呼。这也是因为，我还是比较希望凑川前辈能保持他平常的样子。

“……呃，欢迎光临。”

看起来前辈多少还是受到刚才那个奇怪表情的影响，调整头带的时候还用力过大，结果痛得抱住了头。看着他那副样子，真是让人不知道说什么好。

不过大体上倒是已经恢复了前辈平时给人的那种感觉。而且没过一会儿，他就一副自满的样子，伸手指着旁边的奖品开始介绍了：

“……知道吗？头奖是奇迹超人的一比一特大玩偶哦。”

还特别露骨地示意我，这个奖品有多么好。

“好大！而且好老！这是小时候电视上播放的动画片里的人物吧？”

“……知道吗？这是从我老家运过来的二手货哦。”

“能不能请你别把用旧了的东西当作奖品，还很开心地跟人介绍啊？”

“……知道吗？这里还稍微破了一点。”

前辈还一脸“快看快看”的表情，示意我看玩偶的背面。

这不行吧！都破了还拿来当奖品，这根本不行吧！

“竟然把这个当作头奖，也太夸张了……而且你这里是射击游戏吧，这么大的东西根本打不掉啊？即使一枪击中了玩偶的正中，也根本无法撼动它分毫吧？”

“……知道吗？这是我的宝物。”

“所以根本就不打算当作奖品送出去是吗溜咿？”

连毕咪都好像无法忍受了，开始大声地吐槽。

毕咪的心情我明白。已经不行了，这位前辈已经不行了……

因为他擅长花道，所以就应该是一个可靠的人，这是一种称得上是直观印象或者说是既定观点的想法。但我现在能清楚地感觉到，自己的这种想法就像某种有实体的物品一样，被摔在地上稀里哗啦地碎了一地。

再看看其他的路边摊，每一个摊位都热热闹闹地围了好多人，让人有一种真实感——部门活动本身是有存在意义的，并不只是为了对抗战或者别的什么活动才存在的。

再看看独自一人苦苦支撑的凑川前辈，仅仅是这样的对比，就已经让人不忍直视了。就连前辈的表情，都好像从不知道什么地方透出一种苦涩……

“凑川前辈，一个人很辛苦吧？我来帮你的忙吧！”

“唔……没有什么辛苦的啊。不过倒是有一件事……我快尿出来了。”

“咦！你看起来那么难受，是因为一直憋着没上厕所吗？我帮你看店，请你快点去吧！”

前辈很不好意思地留下句“帮了我大忙了”，便哒哒哒地小跑着往厕所的方向去了。

真是一个难以掌握的人啊……

不过，既然已经担下了这份责任，就要好好地完成工作！我拿起凑川前辈留下的头带绑在自己头上，大声招呼起客人来：

“来看看啦，来玩玩啦！花道部的射击游戏！笑容像花一样美丽的活招牌少女，就是本店的特色哦！能正中我心的美少女，还可以免费哦！”

“别擅自搞出免费来溜咿……”

不知道是我的声音比较有穿透力呢，还是我叫的内容比较吸引人，虽然不太清楚原因，但确实也渐渐地有些人围了过来。

“真是的，为什么每个人看起来都不准备要玩的样子呢？”

“虽然在下也不确定，不过大概是因为这些奖品不吸引人吧溜咿。”

确实，作为射击目标摆放着的奖品，散发着难以言喻的混乱感，可以说是让人无法评价。

一般来说，射击游戏都会摆放一些差不多的点心或者可爱的玩偶来做奖品的。但这边则是——

“这些奖品完全没有规律，而且那边那一堆，感觉都是稍微有点古旧的玩偶，这都是怎么选出来的？难道说，这些全是凑川前辈自己的东西吗？”

“恐怕就是这样了吧溜咿……你看看这个，上面还用拼音写着‘凑川贞松’呢！”

我是不是应该说，这很像前辈能做得出来的事呢，虽然是少年时的笔迹，但看起来却给人一种字写得很好的印象。

不过，难道他以前的兴趣是收集玩偶吗？感觉好像窥探到了前辈不为人知的崭新一面。

让人头疼的是，不管我多么卖力地招呼，围观的人群里都没有出现敢于上来挑战的勇士。

到底应该怎么办才好呢？我正一只手拿着奖品玩偶在发愁的时候：

“我就觉得这个傻乎乎的声音好像在哪里听过，果然是小一宫啊。你是在打工还是在干吗？”

“我就觉得这个讨厌的声音好像在哪里听过，果然是赤间同学啊！要不要来玩射击啊？现在玩很划算哦！”

我一边说，一边急急忙忙地开始修改写着价格的纸板。

“你倒是一边说现在玩很划算，一边把板子上的价格提高啊！我全都看到了好吗？”

“那是你的错觉啦。射击的价格一瞬间就涨了五倍什么的，都是你的错觉啦。”

“这也涨得太多了吧？虽然说不管原本的价格是多少，但看了这些奖品，谁也提不起劲来玩就——”

赤间同学原本只是走马观花地看着排好的奖品，视线却突然被某个东西吸引住了。

哎哟，他在看的那个不就是被凑川前辈设为头奖的一比一特大号奇迹超人玩偶吗？

“难道说你想要那个吗溜咿？”

毕咪大概打从心底觉得不可思议吧。盯着奇迹超人看呆了的赤间同学，好像突然反应过来，马上摇了摇头：

“我才不想要呢！我，我绝对不是想要那个，只是想挑战一下试试，想知道那么大的目标，到底能不能用射击游戏的子弹打倒而已！”

不知道赤间同学是不是真的认为大家都没发现，他那样子分明就是想要那个玩偶，却故作轻松地一边吹着口哨，一边拿起了射击用的那把气枪。

搞什么啊，这个前辈也太可爱了……

在赤间同学的周围，应该说是非常少见也好还是怎样也好，总之平常一直跟着他的那些戏剧部的成员们，一个也没有出现。

因为学校里的名人要挑战，围观群众的人数也明显增加了。如果这个时候凑川前辈回来了，应该会觉得很开心吧。

“那么就开始吧！现在没有其他人排队，所以你要打几次都可以哦！”

“根本没有打几次的必要，因为我马上就会击中目标给你看的。”

赤间同学的回答虽然很强硬，却掩盖不住那股非常想要奖品的兴奋，脸颊都涨得潮红。他就这么喜欢奇迹超人吗？

不知道是不是已经习惯了被人围观，赤间同学好像根本没怎么在意，就把子弹推进了气枪里。

话说，我还是第一次看到赤间同学手里拿着除了镰刀之外的武器，竟然也挺适合他的。

“这么多人都在关注，如果子弹命中目标，目标却没倒的话，客人就更不会上门了溜咿……”

“没关系，赤间同学一定能一枪定胜负的！”

唯一让我担心的，是那个作为奖品的玩偶。毕竟是凑川前辈重要的宝物，万一被击中拿走了，不知道凑川前辈从厕所回来之后，又会露出什么样的表情呢。

“我的抗压能力可是很强的，看着吧！”

“赤间同学，虽然你说出来的话是挺强硬的，但是近在眼前的奖品，已经让你激动得手都在抖了哦！已经呈现出类似某种物质中毒的症状了哦！”

“哼，这只是精神抖擞的表现而已……”

这话绝对是骗人的。他连呼吸都有些慌乱了，正呼呼地喘气呢。总觉得看起来有点可怕。

“我要射击了！这个奇迹超人是我的了！”

随着这颇有气势的喊叫，赤间同学手中的气枪发出“磅”的一响，伴随着激烈的爆炸声，子弹飞了出来——结果果然没用，子弹只在目标的身上打出了毫无魄力的一声，就被弹开缓缓地落到了地上。

气枪的威力似乎比想象的还小，这种程度的力道，即使击中了，也完全无法击倒吧？

“打中吧！发自我灵魂深处的一击！”

“这么严重吗？这发子弹里竟然包含着你如此强烈的意念吗溜咿？”

赤间同学这副真情实感的样子，简直就好像是自己最好的朋友被绑架了，已经到了性命攸关的危险时刻，他从远处瞄准罪犯扣下扳机之后，正在祈祷子弹能够命中似的……如果不是这种大场面，实在是配不上他这么狂热的情绪。

当然了，现在并没有什么人被绑架，也没有好朋友的生命有什么危险。他只是在玩一个天真烂漫，既安心又安全的射击游戏而已。

可是，赤间同学的这份心情却没有得到回报，第二发子弹咻的一声软绵绵地击中了玩偶的肚子之后，又很快弹了回来。

“这根本做不到吧！是不是不管击中什么部位都不可能击倒的啊！”

赤间同学不断地装上子弹射击，再装上子弹再射击地重复着，一副拼了命的样子。

“糟糕溜咿！绘留奈，围观的群众开始骚乱了溜咿！”

仔细倾听的话，确实可以听到周围的人都在纷纷低声议论，什么“这也太阴险了”，还有“这绝对拿不到奖品的吧”，以及“赤间前辈好可爱”之类的话。虽然我觉得最后那句话随便谁说、随便怎么说也没关系。

赤间同学，稍微注意一下周围的情况啊！我尝试着挤眉弄

眼地给赤间同学使眼色，结果他沉迷于射击之中，完全没有注意到我。

这样下去……好吧，我下定决心要从赤间同学手上把气枪拿过来。

“让我给你示范一次吧！让你看看这把气枪确实能击中目标，以及参加者确实能拿到奖品的证据！”

“小一宫，既然你这样说了，就打倒那个巨大的奇迹超人给我看看吧？”

赤间同学把两只手交叠着垫在脑后，半带笑容地煽风点火。

看起来，他是认为我无论如何都不可能做得到吧。

虽然我很有气势地一把就抢过了气枪，但实际上却从来没有使用这种东西的经验，就连装子弹的方法都完全不知道。

赤间同学从我手足无措的样子猜到了这一点，虽然脸上也露出颇为震惊的表情，但还是一言不发地过来帮了忙，总之准备工作是完成了！

“真的没问题吗溜咿……”

毕咪好像很不放心的样子，忧虑地看着我。肯定也是不看好我能做得到吧。

可是，我心里其实已经想好了对策。

我闭上一只眼睛，瞄准了奇迹超人玩偶，用一只手潇洒地架起了气枪。

“哦哦，看起来倒是蛮像那么一回事嘛……”

赤间同学吃惊地叫出声来，紧挨着站在他旁边的，竟然是不知道什么时候已经回来的凑川前辈。

前辈还是那副悠闲又自我的调调，好像在思考什么似的看着我这边。

我单手举着气枪，另外一只没有拿东西的手，装作要给拿枪的手帮忙的样子，摆出了手枪的姿势。

“难道是……溜咿。”

看起来毕咪已经发现了。不过，其他围观的人是不可能发现的……大概吧。

我不由得深深地吸了一口气，为了掩盖接下来会发出的声音，高声叫道：

“看着吧，花道部的射击游戏简直是业界良心！吃我一枪！去吧——！”

在勾动扳机的同时，我也发动了自己的能力，从我指尖射出的“玩具枪”和气枪子弹一起飞了出去。

当然，我控制了力量，至少不会把目标打坏。

气枪的子弹像被某种光芒缠住了一样，以迅雷不及掩耳之势飞了出去。

而且就像我想要的效果一样，完美地击中了奇迹超人玩偶的头部，会心一击！

——本来应该是这样的。

“咦，怎么会？”

明明很准确地命中了，那个奖品玩偶却只是稍微摇晃了几下，完全没有要倒下的样子。

“……好可惜。差一点这个玩偶就归你了。”

凑川前辈好像很淡定似的拍了拍我地肩膀，算是宣告我代班看店的工作就此完成了。

“唔嗯……好奇怪啊……不管这个玩偶再怎么大，也不可能被那样击中了还不倒啊。”

“话说回来小一宫你刚才用了能力吧，早就被大家看穿了啊！实在太明显了。只要是御神乐学园的学生，谁都能看得出来吧！”

赤间同学一边嘀嘀咕咕，一边和我一起朝着玩偶走过去，趁机偷偷摸摸地朝玩偶后面一看。

“啊——！”

这一眼，就看穿了玩偶不会被打倒的原因，我和赤间同学异口同声地喊了出来：

“凑川前辈，你是发动了能力，让花在大家看不到的角度盛开，才支撑住了玩偶啊……到底是多么不想被人拿走啊……”

玩偶之所以能稳稳地立在那里，是因为一大片花朵在它身后盛放，支撑住了它。

“……花朵成长的速度还真是让人震惊呢。大自然的偶然真可怕。”

“可怕的是你的执念吧？”

凑川前辈想把这件事情解释成偶然，就这么蒙混过去，不过赤间同学却咬住他不放。

奇迹超人到底是什么角色……因为动画片是很小的时候看的，内容基本上已经记不太清楚了，但能让他们两个人都这么激动的主角，实在是让人不得不在意……

“啊，围观的人渐渐地都走开了溜咿。”

那是当然的吧。

亲眼目睹这个场面还会花钱来挑战的奇人，出现的概率肯定无限接近于零。

凑川前辈对这些好像不太在意的样子，从我头上把头带解下来，又重新系回了自己头上。

而另一边的赤间同学好像还是不肯放弃，一双眼睛像小狗一样闪着光芒，怎么看都是非常想要那个奇迹超人玩偶的样子。

“你这双眼睛是怎么回事啊，像个要别人东西的小男孩似的……我是承认的哦！从我的角度来说，这个结果是完全应该承认的哦！”

“承认什么啊……从我的角度来说，完全无法认同这种结果吧……”

赤间同学一边叹着气，一边小声说着。

凑川前辈和赤间同学都是各自所在部门的代表，肯定也互相认识吧。虽然无法想象这两个人对话的样子，但是赤间同学毕竟有天生的优秀交流能力，一定可以亲热地聊起天来吧。

“凑川同学，这类活动你总是一场不落地率先参加呢。一般来说，部门代表那么忙，都不会参加这种活动吧？”

赤间同学好像挺开心，开口就提出了一个坏心眼的问题。

“……我没问题的。你看，这样就可以。”

凑川前辈回答的时候，手心上就“嘭”地开出了一捧花。

他手上找不到任何称得上是道具的东西，不知道前辈到底是用什么作为媒介发动能力呢？

“……只要闻一闻这种花的香味，疲劳就会一闪而逝，即使一周左右不睡觉也不会觉得困哦。”

“这种植物根本不安全吧！恐怕是属于那种绝对不允许种植的种类吧！”

也不知道凑川前辈是不是在开玩笑，得意洋洋地介绍着那种花，惹得赤间同学忍不住吐起了槽。

在这之后，凑川前辈好像已经完全把射击游戏摊位的事情忘在了脑后，就这么跟我们玩在了一起。

难得有这个机会，不如就问一问之前不明白的事情吧。

“什么？摆路边摊赚的钱，可以直接作为部门活动的经费使用吗？”

“……没错。所以，为了今天的生意，每个部门都充满干劲地做足了准备呢。”

所以花道部充满干劲准备出来的就是这样的射击奖品

吗……感觉稍微有点遗憾呢。

不过，既然这个奖品成功地吸引了赤间同学，就说明好不好也是因人而异的吧，我暗暗纠正着自己的想法。

赤间同学应该并不会读心术，所以应该也看不到我的想法，可是这时候却很不好意思地满脸通红，为了转移话题，还接着向我解释部门经费的问题：

“刚刚成立的部门，在对抗战上自然不会有过往成绩。所以，学校发下来的部门经费也是零。这么一来，就需要在这样的活动中赚一些钱，或者由部门成员把自己的绩点数贡献出来，作为经费使用。”

“哎，那我的计划怎么办啊？我本来还以为创建部门之后，马上就可以有自己的房间，还可以用部门经费买衣服呢！”

“……把部门经费挪作私用可不怎么好哦。”

“是，对不起。”

虽然与我的性格不符，但凑川前辈这番大道理还是让我马上做出了反省的态度。

果然没有这么简单啊……不过像今天这样，所有人都不是为了自己，而是为了所在部门而努力的情景，确实让我觉得有点羡慕。

我希望自己将来创建的部门，也能得到部门成员的喜爱，成为大家珍视的地方。

“而且，还希望我自己也能得到大家的喜爱，被大家重视！

特别是被那些美少女成员们！”

“小一宫不说话的时候明明很可爱，一开口的话就全毁了。”

目瞪口呆的赤间同学，对我做出了这样的评语。

不对，等一下……

“赤间同学，你把刚才的话再说一遍！大声点让大家都能听到！再说一遍！”

“咦？‘一开口的话就全毁了’？”

“不是这句！再往前面回溯一点点！就一点！你好好想想，快点快点！”

我一边竭力忍住不去敲打满脸困惑的赤间同学的脑袋，一边纠缠不休地催促着他。

“嗯……啊啊！这么快就开始挥手臂了，是在研究大猩猩的动作吗？真有素质啊！”（注：第二卷第三乐章中的对话。）

“不是这句！这也回溯得太多了吧！虽然我记得你之前确实有这么说过一次，但是这句话已经被我深埋在记忆的深处，完全不想把它挖出来，还请你不要让我想起来好吗？请不要故意挑选这样的句子好吗？至少不要再说我是猩猩啊！”

我只是想让他再说一次“你不说话的时候很可爱”而已啊，而且我觉得他是明知道我的意思，还故意提起猩猩的。

哼，我带着一脸的不满，转头看向仍然没有什么客人的射击游戏摊位。

凑川前辈并不怎么在乎惨淡的生意，反而脸上带着一点笑容，好像挺高兴似地看着我们这边。正在我觉得莫名其妙的时候，赤间同学凑到我耳边，悄悄地告诉我。

“凑川前辈因为总是一个人在花道部，所以好像只要有人来找他玩，就已经很高兴了。”

他接着说，也是因为这个原因，他经常会到花道部的活动室去露个面。

“唔……嗯！”

不知道为什么，听他这么一说，连我都觉得有些开心起来，用胳膊肘在赤间同学的背上画着圈戳来戳去。

赤间同学躲开了我，凑川前辈就在一边带着微笑地看着我们。此外——

“还有完全没有存在感的毕咪。”

“难得气氛这么祥和，有必要在这个时候特意讽刺在下一句吗溜咿？”

我冷眼看着高声喊叫，拼命证明自己的存在感的毕咪。嗯，今天真是度过了一段悠闲的时光啊。

话说回来，原来在没有战绩的时候，就连部门经费都要自己掏腰包啊……面对即将到来的、比之前更加贫穷的生活，我除了浑身颤抖也做不出别的反应了。

比现在还穷，是不是得变卖些什么东西才行啊。难，难道说睡袋……要把睡袋卖掉换成绩点数吗？

如果连睡袋也失去了，就只能直接在走廊里躺下就睡了。

而且，多半会脊背僵直根本睡不着吧。

不是森林中沉睡的美人，而是走廊上睡不着的小绘留奈。

为了不让事态发展到那个地步，首先能做到的，就是在新人战中加倍努力了，我再次给自己鼓了鼓劲儿。

“那么凑川前辈，你要加油哦！”

“谢谢。小一宫你在新人战也要……”

前辈的声音突然中断了，我刚觉得有些莫名其妙，就发现他虽然没有继续说话，却努力做出了一个严肃的表情，还双手握拳，对着我竖起了两只拇指。

“是告诉我要Fight对吧？前辈的心意我完全感受到了哦！”

我也做了一次同样的表情和动作，然后才离开了那个摊位。

我带着幸福的感觉一边走一边看着周围，就连毕咪也模仿着做出了凑川前辈刚才的表情和动作。

“毕咪……就因为你总是这样，才会在学生中评价很低。最近还衍生出一个谣言，说只要看到你，当天的运气就会变得很差……”

“咦？什么时候有这种谣言了？最近跟学生们打招呼的时候，总觉得对方会变得有些消沉，难道就是因为这个吗溜咿？如果再这样下去，恐怕在下很快就会无法再来学校了吧……”

最近一阵子开始，不但叫它老师的人越来越少，就连不认识的学生和同僚，好像都开始用“毕咪”来称呼它了。

在这一点上，我倒是觉得相当骄傲呢，毕竟这个名字是我取的啊，多么符合它的气质。

最近毕咪还躲起来偷偷研读《如何成为一名值得尊敬的教师》，这让我也产生了一些罪恶感，就偷偷在书里夹了一张纸条，写着“首先还是应该改掉你那微妙的外貌吧”。不过睡了一晚之后，我也很快就把这件事情忘了。唉嘿☆

*

随着时间的推移，今天的比赛也差不多都结束了，去给参赛同学加油的学生们也越来越多地出现在广场上。这片露天大排档林立的区域，也因此变得越来越热闹。

有些人围在一起，在鼓励着沮丧的同学。也有些小团体，不知道是不是在庆祝胜利，大家一边看着比赛录像一边举杯。

这种悲喜交加的场面真是让人好生羡慕啊。我也想像他们那样，和自己所属部门的同伴们分享胜利的感动……正当我这么想着的时候——

“啊，竟然在这里呢！竟然自己一个人先跑过来吃好吃的东西，太狡猾了呢。我们作为放学后SIX的成员一起努力到今天，这种时候还是希望大家可以一起庆祝呢！”

稍有些反应过度的兔丸，就这样蹦蹦跳跳地出现在我们面前。我实在很难确定，这种行为方式到底是他为了配合被安排的角色故意表演的，还是他原本的性格。不过不管属于哪种情况，都还是挺像兔子的。

紧跟在他后面的豚困，手上郑重其事地捧着不知道从哪里买来的蔬菜棒。

现实生活中是个素食者的豚困，在这种时候选择的食物也是蔬菜呢。

一般来说，对那种中午只吃沙拉的女孩子，以及偏爱自然口味的人，我基本上是持质疑态度的。可以的话，很想直接拍拍她们的脸，大声喊一句“醒醒吧”。不过现在在我面前的是豚困，虽然难以理解的地方还是难以理解，但至少还算是能接受吧。

“豚困，那就是你今天的饲料吗？那么一点就够了噗？”

“嗯。不过首先，能不能请你不要再用‘饲料’这种说法了？其次，希望你能别再围绕猪的设定展开话题了。最后，刚才句尾的那个语气词请你再也不要用了。”

豚困用他平时那种淡然的语气，淡淡地回答兔丸。

与其说这两个人的关系很好，倒不如说关系好得有些独特。

“难得我们三个人第一场比赛都赢了呢！如果这还不能称为青春的话，那还有什么是青春呢！虽然说我那场确实打得挺艰苦的呢！”

兔丸越说越兴奋，想跟每个人都击一下掌，结果配合他的却只有毕咪。

三个人第一场都赢了？也就是说，这两个人的比赛也都已

经结束了对吧？

我比赛的时候大家都来看了，给我加油也给了我力量，所以我也应该去给他们加油才对啊！本来是早就决定好的，结果不知不觉之间，时间竟然就这么过去了。

虽然按照兔丸的说法，他们两个都顺利获胜了……

“观众人数太多，所以我们都没有看到你，不过你一定在某个地方给我们加油了对吧？所以你一定看到我最后定胜负的大招了对吧？”

豚困好像也和兔丸看法一致，什么也不说就只是定定地看着我……这个气氛让我根本说不出没去看比赛的话，我急出了冷汗，准备说点什么把话题引开。

“当当当，当然看到了啊！简直是看得目不转睛呢！看得有时哭，有时笑的……”

“还有能笑得出来的地方呢？”

“有时还忘记看比赛，在大排档之间走来走去，有时又去买了章鱼烧来吃……”

“你绝对没来看比赛吧！你就是去吃章鱼烧了吧！”

所谓的不打自招，说的就是这种情况了吧。

可是，我绝对不能承认。对于他人的失误，要毫不怜悯地穷追不舍；而对于自己的失误，无论如何都不能承认。这是我的原则！

我听见自己身后响起了叮铃铃的华丽音效。呵呵，胜负已定了！

“绘留奈，太差劲了溜咿……”

知道事实真相的毕咪在一边嘀嘀咕咕，我就假装什么也没有听到。

“那么……你还记得兔丸在比赛最危急的时候喊出来的，能给人留下深刻印象的那句话，说的是什么吗？”

豚困似乎想考一考我，旁边的兔丸大吵大嚷地叫着“原来还有这一手呢！”

唔……

这种事我怎么可能记得啊，我根本就没去看啊！

可是，如果我直接说自己不记得，就等于是失败了一样。虽然不知道是在争什么东西的输赢，总之就是要输了。

“当然记得啊！兔丸遭遇危机的时候，我和毕咪也都大声加油喊得嗓子都哑了呢！”

“希望你不要把在下也卷进去溜咿。”

我没理会身边一脸为难的毕咪，全速运转大脑拼命地思考。

大概我的样子看起来就好像是在努力回想当时的情景吧，兔丸还给了我一个提示：

“当时我的水晶只剩下最后一颗了，还为了躲避攻击摔倒在地上，就是那时候喊出来的那句话，是什么呢？”

怎么回事，这场景为什么让人觉得这么难为情啊？

好想看啊，请一定让我亲眼看一看啊！

我差点就把这句话说出来了，最后还是咕噜一下又咽了回去。我开始设想当时的场景，然后把自己认为的、兔丸大概会说的话大声喊了出来：

“妈妈！快来救我哟！呃……最后一个字说错了呢！应该是‘快来救我呢’！”

“等一下，我可从来没说过这种话呢！为什么明明就不是我说的话还连说错字这种细节都设计得这么具体啊！”

好遗憾，好像没猜对。没办法，只好重整旗鼓调整心情重新想象一下其他的台词再说一次了。

“啊，不对吗？那么……”

“那么什么啊，你这本来就很奇怪吧？你到底知不知道我们现在不是在玩三句半让你想最后一句啊？”

知道知道（才怪）。

我先做了个深呼吸，又咳咳地清了清嗓子：

“呵呵……在我的血开始爆发之前，你也只能伏地祈祷了呢！啊啊，还不行，还要再安静地等一会儿。沉睡在我身体中的恶魔，辣椒意面……”

“我也没说过这种让人丢脸的话呢！都打输了，还一边跑一边说这种话的人也太奇怪了吧！而且恶魔的名字完全就是意大利细面的一种呢！很明显你是随便想了一个差不多的词就乱说的呢！”

兔丸脸上已经完全是绝望的表情了，就好像突然得知自己在别人心目中竟然是这样的形象似的……豚困在一边拍着他的肩膀一边安慰着他。

真不错，真不错啊！男人之间的友情真深啊！

“呼……好危险啊。看起来，我到处玩乐忘记去看比赛的事情，总算是蒙混过去了。”

“……绘留奈你一定会长命百岁的溜咿。因为你的性格就是完全不会给自己积累压力的溜咿。”

玩笑就开到这里，我为没去看他们的比赛诚恳道歉，并决定和大家一起重新看比赛的录像。

我们用果汁干杯后，找了一块远离喧闹的好地方——一片像河堤一样的斜坡草地——并排坐下，用终端把比赛的录像投映在半空中看了起来。

“啊，快看呢！这里我就‘噼啪’一下！既青春又大胆地‘轰啪’一下！”

“兔丸，你这样在我们前面站起来描述当时的场景，我们就完全看不到录像画面了。而且什么‘青春’啊‘轰啪’啊，这种表达方式也过于前卫了，恐怕无法把你的想法准确地传达给我们。”

不知道是不是回忆起了比赛时那种兴奋的感觉，兔丸拳打脚踢、手舞足蹈地动个不停。与他相反，豚困则在一边冷静地对他的行为提出了批评。

被豚困一说，兔丸就“啊”地一声端正地原地坐了下去，可是还没过一会儿，他身体又开始抖来抖去了，好像已经忍不住了的样子：

“哇！这里就是刚才提到过的遇到危机的时候了呢！”

兔丸马上又喊又叫地站了起来。他无法冷静下来，不停地跑来跑去，搞得我们想看清楚录像画面都变成了艰难的任务。

“啊，我知道了。就是那个辣椒意面的场景是吧？”

“哪有你说的那种场景啊！一直看到最后结束也不会出现你说的那种场景好吗！”

总之我是想要开个玩笑才这么说的，却瞬间就被兔丸否定掉了。

“因为很难分辨绘留奈到底是开玩笑还是认真的”，我记得时雨好像有这么说过，在很久以前就对我有这样的评价了。

“我认真的时候会摇尾巴啊！难道是因为时雨对我的爱还不够，所以才看不见的吗？”——结果在我当时提出这句反驳之后，时雨就凑近我的屁股盯着看个没完，然后我就直接一脚把他踢飞了。

一般来说，我是那种很欢迎别人来配合我的类型，只有那一次，我根本不想要对方的配合……

这边，兔丸好像一个人闹得累了，又在草地上端正地坐下了。我回忆着不好的往事，把视线又转回了兔丸比赛的录像上。

“哎呀，认真的表情看起来还挺帅气的嘛。”

我用兔丸听不到的音量轻轻地念叨着，继续看着比赛录像。

我们毕竟是一起练习的伙伴，虽然明知道这场比赛是兔丸获胜，却还是不禁用力握紧了拳头给他加油。

“就是那里！现在，就用你最擅长的阴险手段一击定胜负吧！兔丸——！”

“你这说得也太难听了吧？我什么时候有过什么阴险手段了？那是与青春背道而驰的啊！”

“与青春背道而驰是个什么意思溜咿……”

我给兔丸加油的时候随便喊了一句话，他却不依不饶、口沫横飞地反驳着。

“真脏啊，真的是！”

我连忙把毕咪举起来挡着兔丸的口水。

不知道毕咪现在是不是已经习惯了，不管被我怎么对待似乎都没有感觉，连反抗都没有，就那么老实地履行着肉盾的职责。

真是有点抱歉了，毕咪……今后我会把你当作一位老师来尊敬的，也会夸你长得很可爱的，以绩点数不够了为理由要你给我买饭的事情，也只是偶尔才会做一次的……那也不行吗……果然不行啊。

就在我一个人自说自话的时候，兔丸的比赛录像也播放到了接近尾声的时候。

“我说啊，你胜利之后一边流着感动的泪水，一边叫着熊野小姐前辈的名字挥手大喊‘我赢了’的时候……你挥手的那个方向上根本没有熊野小姐前辈，只有一个长得和前辈有一点点像的路人女孩吧？”

“唔，我当时太兴奋了，完全看不到周围的情况了呢……”

那个被错当成熊野小姐的“被害者”少女，虽然完全不知道参赛者为什么要向自己挥手，脸上写着大大的问号，还是很有礼貌地挥手回应着。

这个学校怎么回事啊？到处都是好孩子……

不过话说回来，兔丸也顺利通过了第一场比赛，真的让人挺开心的。

看着录像画面里兔丸满脸笑容地被戏剧部成员们祝贺的样子，我发自内心这么认为。

“接着就看豚困的呢！不过呢……”

“即使看了，也没什么有趣的。”

我不解地看了看把自己的比赛说成这样的豚困，又转头看看屏幕上已经开始的比赛画面……结果就这么一会儿，比赛已经决出胜负了。

“好快！连能力都还没用，马上就决出胜负了？”

就是那么回事了。这和兔丸那场一找到机会就心跳加速，一遇到危急就加倍紧张，让人的心情跟着大起大落一喜一忧的比赛完全不同，这场比赛实在太干净利落，以至于让人都无法评价了。

不过确实是，虽然我们在一起练习，但豚困的实力却一直成谜。

练习的时候，他和我的对战成绩是互有胜负。有时候就好像在某些方面隐藏着实力似的，有时候又给人一种完全没有隐藏、已经发挥出最大能量的感觉。

可是——

“说起来，我一次也没见过豚困使用能力呢。”

“啊？我也是呢！我还以为我们已经是好朋友了，为什么没看过呢？”

在提出这个问题的过程中，兔丸好像感觉到某种属于青春的气息，反而一副看起来还挺高兴的样子。

不明白……我真是完全看不明白这孩子是怎么回事……

“这也没有什么太高深的用意。而且，即使没看过能力，我们是好朋友这一点也不会受什么影响吧？”

豚困就这样用他那一成不变的沉稳声音淡淡地说着，我在一旁，有些紧张地关注着事态的发展。

“咦……虽然这么说倒也没错呢……不过这是不是有点超越了青春的范围，进入了略为有些危险的领域了呢？我本来，还以为你会打个哈哈蒙混过去的呢……”

兔丸惊慌失措，连脸上都泛起了红色。

“没事啦没事啦。我会轻轻安抚你那颗骚动的少女心的啦……Let’s go，小薄本！”

“我都听到了哦！我才不要呢！虽然作为好朋友是可以的啦，但是我只做有理性的事情呢！”

因为过于混乱，兔丸的眼睛都转成蚊香状，手忙脚乱地不停解释，头顶上似乎都冒出烟来了。

不知道是不是想让兔丸冷静下来，豚困露出了一个温柔的笑容。可是，就连这个纯洁的笑容，在我的眼中好像都带上了某种莫名的意味，是我的心灵已经不纯洁了吗……

“总之，恭喜大家顺利在第一场比赛中获胜，真是太好了溜咿！”

大概是觉得事态再这样发展下去会无法收拾，毕咪及时地做出了恰当的总结。

投映在半空的录像也已经播放完毕，大家一起躺在草坪上度过了一段悠闲时光。一直悬着的心也终于落了地，我渐渐地感觉到，第一场比赛原来真的已经结束了。

不知道豚困和兔丸是不是也有一样的感觉，三个人不经意间互相看着，一起笑了出来。果然，毕竟还特意请戏剧部的前辈们帮我们讲习，大家肯定都期待着这样的结果。

所以也说不定，大家各自都感受到了不小的压力吧……

“现在，新人战才只是刚刚开始，让我们全力以赴继续前进吧。”

豚困这句话就像一个信号，话音刚落我们就按照顺序互相击掌。从他们两个人掌心的温度中，我也得到了勇气。

“不过，从录像的情况来看，下一次兔丸大概就会输到哭鼻子了吧？”

“我不会输也不会哭鼻子的！优胜预测期待值是零的我，如果能一直获胜不断前进的话，绝对会让大家刮目相看的呢！”

啊，他果然对自己期待值是零的事情很在意啊……

兔丸一边说自己不会哭，一边眼角已经泛起了泪花这个细节，我就假装没有看见好了。

我若是说“眼泪很有青春气息”的话，恐怕会让他嚎啕大哭的吧……

兔丸对于有青春感的事物，就是有着这种程度的执着。

不知道豚困和毕咪是不是意识到了我的想法，都很认同似的沉默着轻轻点了点头。

“那么，接下来做什么？你们两个要一起去逛逛大排档吗？钱包同学……啊不对，兔丸你现在还有多少绩点数啊？”

“你刚才直接就叫我‘钱包’了呢！把我当成钱包了吗？我可没有什么多余的绩点数，所以不会请你吃任何东西的呢！”

听到兔丸的话，我噘起了嘴把视线转向了豚困，结果豚困也很无奈的样子。

“不好意思，我现在也没有绩点数了。我把几乎所有财产都拿去下注了，赌自己会获胜。”

他很轻松地说出一件不得了的事情。

“你给自己投票了？”

确实，我之前有一瞬间，也曾经考虑过要不要尝试一下给自己投票。可是在犹豫不决之中，新人战就已经开始了。

也不知道该说他是心理素质强大、对自己太有信心呢，还是要以这种方式给自己一些压力呢……

不过他竟然能把对学校生活至关重要的绩点数毫不犹豫地拿去下注，真是帅到让人望尘莫及的程度了。

“可恶！还有这种手法呢！我要是也给自己投票，期待值不就不是零了！”

“兔丸，你快清醒一下好吗？你知不知道自己刚才说了多么逊的话啊？你和豚困之间的差距，现在已经大到不能再大了。这之间的落差大到足以让人产生眩晕感了，你知道吗？”

发自内心后悔的兔丸实在太落魄了，让人都有些不敢正眼看他了。再说他对自己的期待值是零这件事也未免太在乎了吧。

话说回来，连戏剧部的成员都没人给他投票吗？这么一想确实让人觉得有点难过。

继续这样下去可不行，还是不要想太多比较好……

“在新人战的第一场比赛开始之前，投票就应该已经截止了溜咿。我记得最终的期待值数据应该会被统计成排行榜，一般来说，新闻部应该早就已经做成号外发行了溜咿……”

毕咪一边转动眼睛看着四周，一边给我们解释着。

即使不考虑兔丸的期待值的问题，毕咪这样一说，我对于这个排行榜本身也产生了兴趣。

“是不是那个啊？你看，不是围着好多人了吗？”

我们顺着豚困指着的方向看过去，就看到有几个带着新闻部袖章的学生被一大群人包围着，正在贩售号外的场景。

话说号外不是免费的吗……竟然还要收绩点数啊……

正在我感慨这个世界真是斤斤计较的时候，却突然在新闻部的成员中发现一个熟悉的面孔，我蹑手蹑脚地凑了上去。

那是我被刊登在校报上的时候，来采访过我的新闻部代表——离宫璐美奈。

“小璐美奈！我是你以前采访过的一宫绘留奈啊！上次真是承蒙你关照了！”

“好的！要一份号外是吗？”

“咦？那个……”

从对话的角度来说，我们两个完全不在同一个频道。正当我不知道如何是好的时候，她已经动作利落地擅自从我腰间拿走我的终端，还哔哔地操作起来。

她根本没给我阻拦的时间，已经熟练地收走了我一份号外的绩点数。

“谢谢您的惠顾。”

“小璐美奈……”

面对还打算继续纠缠不清的我，她只留下了一个业务性的笑容，就接着去卖号外给其他学生了。

现在还留在我的手上的，只有一个终端，上面显示着我剩下的惨不忍睹的绩点数，还有一份新闻部发行的号外，宣布新人战第一天已经结束……

不知道其他学生是不是也遭遇了这样的强行贩卖，所以我又继续观察了一会儿，结果看起来，受到如此待遇的好像就只有我而已。

“总有一天我也要享受特殊待遇！特别欢迎来自可爱女孩子的特殊待遇！”——抱着这种心态生活的我，追求的完全不是这种特殊待遇好吗？

“一定要说的话，倒也不是不想看这篇报导的，就当作本来也要买的，就别计较了吧。”

那些想要买号外而聚集在一起的学生，围着已经买到号外的同学，形成了一个又一个的小圈子。他们大概都是同一个部门的同伴，或者是同一个班级的同学吧。大概连在大排档摆摊的学生们也跑出来买号外了，好多穿着奇装异服的学生都挤了过来，使得现场的气氛更加像是学园祭了。

他们的眼神也相当认真，都是那种享受节日氛围的状态。

“啊……哦。”

重新拿好手上那张差点被一阵清风吹跑的报纸，我回到了大家所在的地方。

我再次躺倒在草地上，跟好像很有兴趣似的探头看着报纸的兔丸靠在一起。

“在哪里呢？我的英姿有没有登在一个显眼的地方呢？”

兔丸一边说着，一边浏览起报纸的内容。

因为是号外，这份报纸的页数并不多，不过上面登载着大量的照片，以至于文章都像是附属品了。这份刊物与其说是报纸，倒不如说看起来还更像电影院里介绍新电影的小手册。

“咦，这样一看，倒是可以理解大家为什么想要这个呢！确实是值得挤进去买的呢！”

兔丸说得没错，这大概确实属于那种会让人想要收藏一份的东西。

虽然感觉上是对方强行卖给我的，但还是要在心里对小璐美奈的行为点个赞。毕竟——

“啊！上面有好多可爱女孩子的照片啊！我可以把这些剪下来贴在自己房间里吗？简直养眼啊！”

就是这个了。虽然大家都是新生，但是御神乐学园的学生人数是很多的，我没见过的美少女那可是数不胜数的。

“你所谓的贴在自己的房间，难道是要贴在睡袋的内侧吗溜咿？”

虽然毕咪说这句话的时候是一脸诧异的神情，但是这也能算是个问题吗？当然是想贴在随时都能看到脸的地方了。

“就像毕咪老师所说的，这上面也发表了期待值比较高的学生的排行榜呢。”

豚困也算是一个健康的男生，结果比起女孩子的写真，竟

新人战期待值排行榜
7位 糕点部
杠干濑叶
4位 无所属
二宫绘留奈
5位 吹奏乐部
相良安县
10位 戏剧部
豚困
9位 回家部
柏原莺
ecret

3位
自然科学部
仓科冬瑠
2位 广播部
远石遥架
1位 天文部
射水明日
8位 漫画研究会
莲见小太郎
6位 漫画研究会
莲见真琴

然反而对排行榜更感兴趣，还一边看着排行榜，一边操作着自己的终端。

终端上的画面马上投映出来，都是那些被大家认为很有竞争力的新人们，在第一场比赛中的表现。

“哇，不同的比赛场次，观众数量的差距也好大啊！特别热闹的那几场好厉害啊！”

我比赛的时候，也曾经被观众人数吓了一跳，结果现在播放的比赛里，有几场的观众人数比我那场还多得多。

“从大部分观众关注的方向来看，这个比赛片段的主角应该是这个学生溜咿。她是广播部的远石遥架。”

我绝对见过这个女生。我这个人只要见过可爱的女孩一次，就绝对不会忘掉——她就是淘汰对战表公布的时候，时雨介绍过的种子选手中的一个。

“观众大部分都是男生，真是太显而易见了呢……还有好多带着摄像机来观战的呢。”

“脸长得这么可爱，连声音都很可爱，好像是从二次元的世界里跑出来的一样……连我都想带着摄像机去观战呢……”

“绘留奈，口水！你的口水流出来了溜咿！”

当然了，如果只是可爱，是无法吸引这么多人一齐聚集在这里的。

她是广播部的成员，发动能力的道具是一个头挂式的耳麦。通过这个耳麦释放出来的，是如字面意思的音速散弹。

不过她好像无法随心所欲地控制散弹，命中率明显偏低，要多点攻击才能击中目标，但是在如雨点般庞大的数量和发射的速度上，是占有压倒性优势的。

在战斗开始之后，她那像妖精一样美妙的声音，听起来反而给人一种仿佛小恶魔般的残虐感。

“要对抗她的这种能力，我只能想到一个办法，就是一边祈祷自己的水晶别被击中，一边抢先破坏对方的水晶了吧。”

豚困冷静地分析着。

“要回避她的攻击，简直就是要超越次元才能做到的呢……那么她本人的动作有没有破绽呢……”

“完全没看出来。”

豚困既像是感慨，又好像有点绝望似的，接过兔丸的话回应道。

女孩很有广播部的风格，连从客观角度解说比赛的语言都完美到了每一个细节。而且，在连番的惊险动作中，她却连气息都丝毫不乱。那种强大，好像在否定那些把她当作偶像对待的人。

赶时髦凑热闹的观众们，也忘记自己手上还拿着摄像机，根本不管镜头，而是被吸引着直接用肉眼去观看比赛了。

就在这个过程中，比赛对手的水晶全部都被破坏了。小遥架转头对记录了比赛全过程的镜头微微一笑，用自己那惹人怜爱的声音做出声明：

“大家好，我是隶属于广播部的远石遥架。我们部门人员不多也并不显眼，为了通过这次的新人战让大家对我们的部门有更多的认识，我会以冠军为目标继续努力！请大家继续关注我的下一场比赛。”

“好的！如果小遥架比赛的时间和兔丸的重叠的话，我会优先去看小遥架的比赛的！”

“能不能请你以后不要直接在我本人的面前表这种态啊？”

在我把脸凑近录像里的小遥架大声回答的时候，兔丸也对我的行为表示了抗议。

我们就这样玩闹着，想要借新人战这次机会提高知名度的，当然不只是我自己，在这方面，我现在也认识得比较深刻了。

“能通过战斗获得的东西，可不只是绩点数溜咿。”

毕咪说得没错。虽然像我一样想要创立新部门的人可能不多，但是隶属于小部门的学生们，想在这次大赛中打出好成绩为部门做贡献，也是理所当然的吧。

“呵呵。嗯，走着瞧吧！”

我舔了舔嘴唇，对画面中满面笑容的小遥架宣战了。如果能战胜有这么多观众的对手，我将来要建立的部门自然也会吸引更多的人关注。

豚困操作着自己的终端，接下来播放的录像内容是：

“哦，是明日同学！他这副紧张的表情真是比女孩子还更像女孩子呢！”

画面里是刚刚才成为天文部代表的射水明日同学。

“他遥遥领先于第二名广播部的远石遥架同学，占据了期待值排行榜第一名，是这次新人战中毫无争议的最受关注者。”

豚困一边看着手上的报纸，一边解释道。

这场比赛的观众人数也不输给刚才小遥架的那一场，因为女生比较多，观众席的欢呼声还更尖锐一些，比赛会场的热度可以说是达到了最高潮。

不只是其他的新生们，观众里高年级学生和初中部学生的比例也很高。可以看得出，对明日同学的关注是广泛来自于各个层面的。

“那么，射水同学的比赛对手是谁呢？第一场比赛就抽中候补冠军，运气真差呢。”

“嗯，现在还看不到人呢。是迟到了吗？毕咪，像这样没赶上比赛时间的情况会怎么处理啊？”

“如果没有提前请假，也没有特殊的理由的话……”

毕咪还没有说完，录像里突然传来了一波更大的欢呼声。看起来，好像是现场的主持人宣布明日同学已经获胜了。

“没错，就像这样，到场的一方会不战而胜溜咿。”

明日同学一副不上不下似的表情，不过还是对着观众席深深地鞠躬告辞，很有礼貌。

我认为正因为他总是这样彬彬有礼，而且在学生中的声望很高，所以才能以一年级学生的身份成为部门的代表。

呼，我很感慨地长叹了一口气。

明显与我的理由不同，旁边的豚困也很克制地一边看着录像，一边叹了口气。

“你怎么了呢？豚困。”

兔丸一脸不可思议地问道，豚困手速很快地操作了一下手上的终端，然后为了让兔丸看清，还把终端递了过去。

“就我个人来说，本来是最期待这场比赛的，所以多少有些遗憾吧。我还想着，也许这场比赛能打出大反转。”

豚困若无其事地在那里信口开河。

这是什么意思呢？

我和兔丸一样没弄清楚这是什么情况，我们交换了一个眼神，一起转头去看终端上显示的对手个人信息。

“隶属于回家部的……柏原莺？”

回家部。

是我崇拜的女神所在的不可思议的部门。

我至今为止从来没想到过，这个部门里可能还有其他成员，而且还和我一样是一年级生。

“咦？为什么这个人的个人信息里没有照片呢？其他个人情况的项目也都是空白呢。”

我的注意力都被这个人的所属部门吸引了，不过就像兔丸指出的一样，本来应该显示照片的地方确实是空着的。

性别那项里也没有填写，就连是男是女都不知道。在新人战开始之前，我也看过很多同班同学和感兴趣的人的个人信息，还是第一次看到这样空着的。

很明显，这个人与众不同。

当然了，我的这个疑问是向身为讲师的毕咪提出的。毕咪好像在考虑应该怎么解释比较好，最后还是感觉很难说明的样子，不情不愿地开口了：

“所谓回家部这个部门呢，包括星锁在内，参加这个部门的都是一些特殊的学生溜咿。”

“特殊，是怎么个特殊呢……”

我一直以为星锁前辈是学校校长的孙女，所以才会受到特殊待遇。而且我心里一直默认，回家部除了星锁前辈是没有其他成员的。

“嗯，比如其他部门接受不了的学生啦，还有其他各种各样的溜咿。在御神乐学园里，只有回家部和其他部门不一样。那是一个像黑匣子一样的地方，这个部门的情况我也没有完全掌握溜咿。”

接着，像是在补充毕咪没有说出来的内容似的，豚困又追加了一句话：

“我听说里面全都是一些不好好上课的学生。回家部好像是允许这种状况的。”

虽然我曾经暂时性地加入过这个部门，但我对部门的情况一无所知。如果去问星锁前辈的话，她会告诉我吗？

“另外还有一点——这个人的信息到底是不是真的其实还不清楚啦。”

豚困仔细看了一眼终端屏幕，上面显示着隶属于回家部的一年级学生——柏原莺的个人信息，他静静地继续说道：

“听说隶属于回家部的学生无一例外，全都拥有强到可怕的能力。”

原来如此，所以他才关注着明日同学这一轮比赛的情况。对于这样的结果，他也是从心底觉得遗憾吧。

“是吗……可是你看，知道这些内情的人好像也相当不少吧？这个回家部学生的投票数值是这样的。”

“啊，第一轮比赛的对手就是射水同学，期待值却相当高呢！我都算不出是我的多少倍了呢！”

兔丸的期待值是零，不管几倍都绝对不可能达倒这种程度的，不过我觉得，我还是不要说出来吧……

这个人的期待值确实相当高，以至于在新闻部发行的号外里，还排进了期待值排行榜的前十位。如果第一场比赛的对手不是明日同学的话，说不定还会排得更高吧。

另外，如果把排行榜按照容易观看的格式整理一下的话，应该是这样的：

第一名 隶属天文部　射水 明日　期待值74300

第二名 隶属广播部　远石 遥架　期待值26800

第三名 隶属自然科学部 仓科 冬瑠 期待值21400
第四名 无隶属部门 一宫 绘留奈 期待值17900
第五名 隶属吹奏乐部 相良 安昙 期待值17700
第六名 隶属漫画研究会 莲见 真琴 期待值17100
第七名 隶属糕点部 杠 千濑叶 期待值16500
第八名 隶属漫画研究会 莲见 小太郎 期待值14400
第九名 隶属回家部 柏原 莺 期待值13000
第十名 隶属戏剧部 豚 困 期待值11600

“我说，退个一百步的话，用豚困这个名字排在榜上这种事情，倒也不是不能接受哦！可是，为什么是把‘豚’作为姓氏，‘困’作为名字的格式排版的啊？”

看了排行榜，最让人在意的就是这一点了。

“关于这一点我自己也希望能尽全力抗议一下，不过这好像是戏剧部官方制定的方针，无论如何都不能改变的……至于为什么只有赤间代表可以用本名，好像是有些内情的……”

豚困一副无精打采的样子，用像蚊子叫一样的声音回答了我的问题，即使是我，在这种情况下也无法再追问什么了……可是，可是啊！

“如，如果我也上榜的话，就会变成‘兔’是姓氏，‘丸’是名字吗……”

“绘留奈是第四名溜咿！果然和小冰见的那场比赛给大家

留下深刻的印象啊溜咿。”

“唔……嗯，不过后来再打练习赛的时候，我可是束手束脚地被打了个落花流水的啊……”

能得到大家的期待和投票，真的是开心又感激。可是又总会觉得，大家是不是都因为没看过那次练习赛的情况，所以才会对我有所期待呢？这么一想，就会觉得辜负了大家，有一种非常抱歉的感觉。

我在相当多的部门体验过或者参观过，所以榜上有名的部门基本上没有我不知道的。可是，上榜的人名却全都是第一次看到。

学生人数多，班级数量自然也多。不是同班同学，宿舍也不在一起的情况下，因为不经常见面而不认识也是理所当然的。不过，我也反省了一下，自己认识的人确实太少了。

“唉，这些有名的人，不好好了解一下是不行的啦！战斗的时候，根据你是否了解对方的能力，所采取的战斗方式也将完全不同……”

“我感觉，从初中部直升高中部的那批人里，上榜的好像很多呢。射水同学当然是一个，漫画研究会那对一起上榜的双胞胎也很有名的。”

豚困详细地给正在反省的我解释着。

“啊，这对双胞胎我说不定见过！我去找时雨的时候，确实有两个帅哥美女毫不掩饰地恐吓我来着！”

他们看起来都是完全以时雨为自己信仰的样子。虽然很想这样告诉他们其实是被时雨骗了，不过时雨这个人，说不定在漫画研究会里就是一个纯粹的好前辈的形象呢……

那家伙那种不受控制的疯狂行动，基本上只是针对我，只有在我面前才会出现。

为什么！为什么会变成这样！

先不管这些好了……总而言之，我在心里暗暗决定，至少要把排行榜上这几个同学的录像好好看看。

特别是可爱的女孩子，关于她们的情报，一定要巨细靡遗地好好确认才行。我产生了这种强烈的想法。

“咦，今天的比赛录像虽然全部都能看，但是以前对抗战的录像，是有分可以看的，和锁定起来不能看的两种情况啊？”

我觉得要看的话就要从以前比赛的录像看起，结果在尝试点击的时候发现了这个问题。

比如说，以前比赛的录像，反而是还能看的比较少呢。

“这个嘛溜咿！”

毕咪一脸高深莫测的表情，摆出一副终于有他出场机会的姿态。结果正要开始说话的时候，却被豚困抢了先。

“在规定上，新人战这样的官方比赛，所有场次在一定时间之内都是完全公开的，任何人都能观看。不过，模拟战就允许设定成非公开，过去的比赛也可以自由地选择是否要删除。”

豚困讲得非常浅显易懂。而毕咪无法再维持自己脸上那副表情，大概是实在太过悲伤，竟然莫名其妙冲到兔丸怀里去寻求安慰了。

你们俩的师生关系真是被破坏得相当彻底啊。

“原来如此。限制情报外流对参赛者比较有利呢。时间越久的比赛能观看的就越少，也是这个原因了吧。”

“不管自己输赢，我都想把自己一路走来的轨迹公开给大家看呢。”

兔丸怀里抱着毕咪，一边温柔地抚摸着它，一边爽朗地笑着说道。

“有你这种想法的学生也不在少数溜咿！毕竟在后辈学习如何参与对抗战的时候，比赛录像可以起到正面的作用，每个人的想法都是不一样的溜咿。”

“那我也全公开吧！因为我的性格就不善于隐瞒嘛！”

虽然这个和隐瞒好像也并不是一回事，不过其他人看了录像之后，就可能会对我这个人，或者对我即将创建的部门产生一些兴趣。

哪怕一点点也好，我也希望能尽量增加这个微小的可能性。

我可没打算放弃任何一点可能性。

*

在我们东拉西扯的过程中，新闻部的号外好像全部卖光了，路边摊那里又重新恢复了之前的热闹。

只盯着食物，或者更详细地说，是只盯着章鱼烧的我，眼里根本就没有其他摊位了，现在更是可以慢慢地看个够。

“戏剧部好像不缺活动费，所以这次就没出摊位呢。也可能是因为要给我们几个讲习，实在太忙了没有时间准备，这么想的话倒是觉得很抱歉呢……”

兔丸两手交叉放在脖子后面，跟在我身后缺乏兴趣地说着。

虽然我觉得像戏剧部这样的大部门，不会因为赤间同学、喵美琳前辈和熊野小姐前辈没时间就影响出摊位的计划，但是我也明白兔丸的想法。

“能说得上是不缺活动费的部门，在这么多部门里面也不过就是屈指可数的几个而已。这次就占用前辈们的一次机会吧。”

豚困虽然嘴上是这么说，好像也是心怀愧疚的样子，看着那些路边摊的摊位，脸上露出了复杂的表情。

“哪怕只有一次也好，我希望自己也能说出绩点数足够花这种话啊！”

“我觉得绘留奈你首先应该从控制自己不要浪费开始做起溜咿……有想要的东西就不压抑自己的欲望，也不考虑轻重缓急就买下来，这是贵族的思考方式溜咿……”

虽然毕咪说的都是一些很基本的道理，但是一旦忍耐着不买，就会累积压力，而且事后一定会后悔的嘛。

晚上都会睡不着觉哦，会在梦里被章鱼烧妖怪无情攻击哦！会被嘴里喊着“辣味蛋黄酱是邪魔外道”的巨大章鱼烧追着跑！

“这无所谓！只要我创建一个了不起的部门，就算花钱如流水也不会有任何问题的！啊，不过即使不用赚取活动费，像这样在庆典上开设路边摊摊位的活动我还是想参加的，好像很有趣。”

我停下欢快的脚步，环顾了一下四周。

不知道各个部门是不是都兼顾了自己部门的宣传推广，同时也想要增强实力。比如糕点部，就开了一间卖点心的店。不过我又一想，像凑川前辈的花道部那样，开了和部门活动完全无关的店铺的部门，好像也是挺多的。

大概每个部门都是从讨论要开什么店开始的，没有一间店铺散发出强迫开店的感觉。每一个部门成员都能开心地参与这次活动，让我都觉得高兴起来。

随后，我们看到了一家摊位，摊位上醒目地打着“帮你画张肖像画”的可爱旗帜，让兔丸变得相当兴奋。

“那边在画肖像画的是美术部吧？我也想去画一张呢！希望能给我画一张美化到极致，根本看不出原型是我的那种肖像画呢！”

“那样还能叫做肖像画吗？”

不过对于豚困这种世间普遍的观点，兔丸完全像是没有听到的样子。

“我也想画肖像画呢！可以的话希望九头龙前辈给我画！希望能画一张小冰见正在亲我的脸颊的肖像画！”

我要我要我要！我举高双手拼命吸引着对方的注意。

“我都不明白肖像画的定义到底是什么了……”

伸手按住眼睛的豚困被我和兔丸撇在身后，我们两个一起争先恐后地跑了过去。

定义什么的，那种无关紧要的条条框框就由大家一起打破吧！画这种东西，还不是想画成什么样就应该画成什么样吗！

我一边想着如果这种想法被美术部的成员听到会不会挨骂的问题，一边就已经来到了摊位跟前。

相当宽敞的一片区域之中，松散地摆着几把椅子，还装饰着几幅部门成员之前画好的肖像画。

“很好很好，这样就可以选择自己喜欢的画风了呢。”

兔丸一只手的拳头“嘭”的一声打上了另一只手的手心，看起来他对这种布置很满意的样子。

确实，挂着的肖像画中，并不全是普遍观点中适用于肖像画这一分类的写实风格的画风，从漫画风格的作品到有些走形的夸张变形风格应有尽有。

“哇，每种都很棒啊！我就选一个能把小冰见画得最可爱的吧！”

“明明是要画肖像画，却要求人家画一个根本不在场的人物，你这种想法倒是挺新颖的溜咿……”

不紧不慢地从后面赶上来的毕咪和豚困，倍感震惊地和我们保持了一段距离，远远观察着这边的情况。

看起来，想画肖像画的应该就只有我和兔丸了。

“画像的费用是……哦！这个价格还真是良心呢。兔丸！我的后背和付款就交给你了！”

“被托付了呢！就是那种两个人背靠背，互相把后背交给对方保护的桥段呢！是那种只有两个人却被数人包围的时候，经常会使用的桥段呢！没有比这个更青春的了！”

至于我把付款这件事也一起托付给他，不知道兔丸是不是没发现呢？还是说他已经注意到了，只是觉得意想不到的青春要素比付款更重要呢……

虽然搞不明白到底是哪个原因，但至少肖像画的费用应该是全部由他来付了。

现在没有其他客人，正在等待指名的美术部成员有五个，不管怎么看，这五个人里都没有那个脸上总是沾着颜料的前辈。

“九头龙前辈不在啊……真是遗憾。”

那边美术部的人大概听到了我的自言自语，在我提到九头龙前辈的名字时，对方好像还害怕似的抖了一下。

对这个人的反应就这么视而不见好像也不太对，所以我气势汹汹地坐在了她面前的椅子上。就让她给我画肖像画好了。

“请多关照！请问九头龙前辈到哪里去了？”

虽然经常从妈妈身上看到那种好像从未受过社会熏染的天真举止，但是至少我还知道，如何给第一次见面的人留下一个好印象。

顺便一提，大概过个一分钟，我就会达到极限，无法继续维持这种仅限于外表的优雅表现了……

对方大概是二年级的前辈吧，是一个戴着眼镜看起来很老实的美术部的姐姐。她听到我说出那个名字之后，好像有点不太明白发生什么事的样子，不过在和其他的成员交流了一下眼神之后，还是挤出一个好像很勉强的笑容，回答了我的问题：

“因为九头龙前辈很忙，所以不会到这边来。”

“啊，是这样啊……”

我又没问什么奇怪的问题，为什么他们都是一副有什么难言之隐的样子呢？

虽然多多少少觉得有些奇怪，但是对方已经开始催促道：

“要画肖像画是吧。呵呵呵，想怎么画呢？”

说得也是，我姑且把九头龙前辈的事抛到脑后，详细地把自己的要求描述了一下：

“听我说哦，这个故事是从某个女孩子喜欢上我开始的！”

“是，是一个故事吗？”

虽然大姐姐好像从这里开始就有点跟不上了，但我的暴走已经无法停止了。

“那是一个相当宏大的故事长卷！所谓的某个女孩子，你完全可以认为她是一个看起来像是天使一样的生物。她和天使的区别最多也不过就是一点误差而已。那个女孩子呢，哇哈哈！很害羞地在我的脸上呢，唔呵呵！亲，亲了一下呢……”

我完全沉浸在自己的思绪当中，像机关枪一样把自己对肖像画的要求说了出来。

我和这个姐姐说上话也不过就是一分钟左右的事情。即使现在有些冷场也无所谓，只要能把小冰见和我的恩爱场面赤裸裸地画出来，随便她怎么想都无所谓啦！

如果要把小冰见和我之间发生的妄想故事全部讲完大概需要一周的时间，所以我只打算简洁地概括一下，不过那也还是需要花费一些时间。

我在这边拼命地解释自己对肖像画的要求，而兔丸也不知道是不是对此燃起了莫名其妙的对抗意识，他一屁股就坐在了我旁边的另外一把椅子上：

“我也要画肖像画！虽然基本上来说随便怎么画都行，但是我希望最好眼睛要画大一点，头发也要很浓密的，鼻梁要高，嘴巴就画成小鸭子那种可爱风的呢！啊，虽然不知道会不会画到这么大，但是身高请帮我画到有一米九，谢谢呢！”

“这已经完全不是随便怎么画都行了吧？你这要求跟随便怎么画都行之间简直是云泥之别了吧！还有，因为你的要求已经和原型无关，完全是凭空创作的作品了，所以就算你不坐在那里等着也没关系，我大概是能画得出来的！”

兔丸被美术部的大哥淋漓尽致地吐槽了一番。但是他一步也没有退缩，还是一副随便怎么样都行总之你就按我说的画吧的态度。

“哎呀，真期待完成的作品啊！”

“真的呢！等我拿到成品之后，我要把我的肖像画挂到戏剧部活动室的墙上呢！”

把所有事情都委托给对着画布冥思苦想的美术部的大哥和大姐，我和兔丸都笑容满面地端正坐姿面向他们摆好了姿势，完全没考虑到根本没有这么做的必要。

与此同时，在距离美术部摊位有一段距离的茶道部茶点摊位上，豚困和毕咪一边吃团子，一边安静地等着我们。这刻意拉开的距离不知道是不是要避嫌，以免被别人看出来他们和我们两个认识。

“那两个人那奇怪的姿势是怎么回事啊，老师。是要变身成什么东西的先兆吗？”

豚困一边让毕咪吃团子，一边不太感兴趣地问着。

“唔咕唔咕……在下什么也看不到溜咿。唔嗯，我希望就当作什么也看不到才好溜咿……我甚至都想到了接下来会发生的事，回到宿舍之后绘留奈就会跟我说‘希望你能把这张肖像画的优点归纳成一本轻小说，我明天早上就要，拜托了！’然后强迫我给她写溜咿……在下，在下已经受不了了溜咿！”

“老师你也很辛苦呢。请吧，再来一串团子吧。”

豚困就像一个听上司抱怨的精英上班族一样，殷勤地款待着已经变得软弱无力的毕咪。

你们说的内容已经完全被我听到了！不过，把我和小冰见的这副恩爱插画写成一本轻小说倒确实是个好主意呢！就以最佳畅销作品为目标，作为同人志在校内出版吧！

毕咪还在继续跟豚困撒着娇，他根本不知道，自己刚才无意间说的话，已经像噩梦一样朝着变成现实的方向前进着。

第二乐章 废弃物无罪

远处传来了喧哗声，大概是新人战的比赛都结束了吧。几乎每个部门都会摆个路边摊，这应该是聚集在那里的学生们发出的声音。

即使在这栋全是部门活动室的建筑里，这个房间也位于整栋建筑的最深处。这是我自己特意选择的，是一个连阳光都不太能照得进的地方。

“我对耀眼的东西不太习惯。一直以来都是这样。”

在美术部的活动室里，独自一人对着画布画画的我——九头龙京摩，身边没有其他人，这里就只有我自己。

这间狭小的房间，与其说是美术部的活动室，倒不如说是为了我自己安排的地方。

“这个嘛，从表面上看是特殊待遇……实际上是类似于对麻烦人物的隔离吧。”

我的视线转到另一边，那里都是一些随随便便摆着的奖章和奖杯之类的。我看着那些叹了一口气。

这里不只美术部的其他成员不会来，就连顾问老师基本上都不会出现。

不知道是不是一个人缩在这里画画的时间太长了，最近我发现自己自言自语的次数好像变多了。

不知道又从哪里传来了欢快的声音。明明是在同一所学校之内，仅仅一墙之隔，却好像把这个房间和外面区分成了两个世界。

明明只是一层连声音都不太能挡得住的薄薄的板壁，却让人在心理上总是情不自禁会觉得，这墙壁其实是相当厚实的一层屏障。

我伸手拿起喝了一半的盒装牛奶，一口气全都喝掉。然后又叹了一口气，把空盒子扔进了装满同样品牌空牛奶盒的垃圾箱里。

“明明最想要的是一个属于自己的城堡，却到处都是不想看见的东西呢。”

我看到垃圾箱里面，塞着一本皱巴巴的美术方面的杂志。这本杂志不知道是什么时候被送过来的，上面还付了一张便笺，说书里有跟我有关的报道。

不知道顾问老师是不是尽量避免与我碰面，就连这种情况下，都不愿意直接把书交到我手上。

当时的我一时火大，直接就想把杂志扔到垃圾箱的最下面去。可是，垃圾箱里因为塞满了空牛奶盒，结果根本装不下这本杂志。就这样，本来应该被塞进去的杂志，直接被弹出来掉在了外面。

结果在弹跳过程中，杂志唰啦啦地翻开了，掉在地上的时候，正好就翻到介绍九头龙京摩的那一页。

“嘁……”

我把杂志捡起来，一瞬间很想任性地把它撕碎扔掉，最后却还是停下了手上的动作。毕竟就算把它撕了，也无法解决任何问题。

“‘未完成的才能’，吗……”

这篇报道用这样的句子描述我。和这篇文章刊登在一起的，是一张差不多一年以前拍下的照片，那是我最后一次得大奖的时候照的。

没错，这间房里摆放的无数奖章、奖状、奖杯，全都是至少一年以前的东西了，没有任何一个是最近得到的。

“看起来之前的评估还是太想当然了呢，评论家老师。”

大人们都在期待我的长远发展，然而我早就已经成长到极限了。现在的我，大概就像是已经泡得没有味道的茶叶渣一样了吧。

——完全干涸，已经耗尽了所有的才能。

“我没能回应那些期待，也只能说是活该吧。”

曾经一次次来鼓励过我的那些评论家和有名的老师，最近已经没有任何一个人再来了。

随后，现在已经去捧别的不知道是谁的什么人去了吧。就是这么回事而已。

我再一次把杂志扔回垃圾箱，不假思索地嗤笑了一声。反正在这个与外界隔绝的地方，不管我怎么做都不会被任何人看到。

我又回到一大早就开始漫不经心地画着的画布之前，看着自己的作品。

“真是垃圾。这幅画也是。我自己也是……”

我把没画完的画布从画架上撕下来，用力撕破扔掉了。明明每次在感情的驱使下意气用事之后，都会后悔。

画本身是没有错的。有错的，只是我自己。

这幅画模仿的，是得到很高评价的我自己以前的画风，里面完全没有融入任何一点灵魂。

这只是惰性而已，只是被某种东西逼迫着才画出来的画。这幅画所透露出的那种空虚，简直让我感到目眩。

以前不是这样的。不只是画，还有这样的壁垒……都完全是没有的。

我轻轻地摩挲了几下墙壁，没有了继续画画的欲望，就决定出去散步转换一下心情。

“今天是新人战的第一场比赛吧。那家伙……绘留奈不知道怎么样了。“

比起美术部的后辈，我脑子里最先想起来的，却是那个吵吵闹闹的新生，一宫绘留奈。

明明并没有多深的交情。就连说过话的次数用一只手都数

得过来。可是，这个少女却不可思议地给我留下了很深的印象。

“不管是好的方面还是坏的方面，都有吧……”

走出活动室，喧闹的声音也变得更清晰了。天空非常晴朗，从活动室里那仿佛沉淀一般的气氛中解脱出来，我松了一口气。

虽然造成那种沉重气氛的也不是别人，而是我自己，是我唤醒了自己无处发泄的愤怒。

不管做什么都无法顺利完成，在这进退维谷的两难之地，我烦躁地抓了抓头发。

如果被后辈们看到我这副样子，恐怕又有人要被我吓到了吧？不过那种事无所谓了。

我这么想着，心底的某处却想要挽回一些什么。

太难看了，以至于我自己都要吐出来了。垃圾就应该像垃圾一样，老老实实被扔掉不就好了吗？

今天举行的新人战好像还没有全部结束，偶尔还可以看到零散几个慌慌张张跑去加油的学生的身影。

虽然美术部内部也有相当不少的新生，但我不曾和其中任何一个人有过交流。甚至，连他们的名字都不知道。

“如果我直接跑去观战的话，他们会吓得手脚僵硬吧……”

这么一想，就不想去看了。因为我并不想给别人添麻烦。虽然大家名义上都是同一个部门的伙伴，不过我和他们之间隔着一道无比高大厚重，且难以企及的屏障。

我曾经去看过那个和戏剧部混在一起的新生——一宫绘留

奈，看她为了参加新人战在戏剧部参加讲习的情况。

倒也并不是多么感兴趣，只是随便一看……我这是在跟谁解释啊?

在那里看到的场面，是对于我来说过于耀眼的东西，足以让我遮住双眼，无法直视。

作为一个庞大的部门，戏剧部从一年级到三年级关系都好到让人难以置信的程度，所以才能对连部门成员都不是的绘留奈举双手欢迎吧。

简直不是现实世界一样——可能这么说多少还是过于夸张，但确实与我所认为的“现实”天差地别。

这时，我正好看到戏剧部的兔子和猪从旁边走过去。他们脚步轻快，一定是要把好消息告诉某个人吧。

我已经走到了室外，却没有一个明确的地方想去。戏剧部的那两个人，好像是朝着路边摊聚集的那个区域去的。

“这么一说，从早上开始除了牛奶我就什么都没吃过了……要不要去吃点什么呢？”

我一边按着肚子思考着，一边转身把自己前进的方向调整成和他们两个一样了。

御神乐学园这所学校，基本上来说是一间很喜欢搞活动的学校，每次有点什么事情，就要搞成好像学园祭一样热热闹闹的。

要在活动中摆摊也不需要通过什么严格的审查，所以从小吃店到莫名其妙的打靶店都有。总而言之，这里要说的话是相当混乱无序的。

我从一间不停广播“加了好多牛奶哦”的可丽饼店里买了份可丽饼后，继续漫无目的地向前走。

“话说，我买可丽饼吃是不是有点奇怪啊？”

这话其实也有点失礼了，只不过在我犹犹豫豫地对欲言又止的可丽饼店服务生提出要求之后，对方回答道：

“真的要买这个吗？这可是可丽饼哦？是女孩子喜欢吃的甜点……你应该不会等会再来抱怨说‘这不是可丽饼吗？我要吃的是葡萄啊，把钱还给我’什么的吧？”

——就被说了这么一大通。

虽然说应该已经习惯了，但是不做反应就这么无视着直接走掉的话，对我来说也还是很难做到的。而且像这样被贴上标签刻板对待的事例，对我来说也不少见就是了。

至于可丽饼，因为味道吃起来确实像宣传的一样放了很多牛奶，所以也没什么可抱怨的，那些不愉快的感受就这么一笔勾销吧。

不过，我果然还是不太适应人比较多的地方。其他人好像都很怕我，只要是我前进的方向上，就像摩西分海一样，路人都让开了一条道路。

“我给人的印象到底是有多差啊，可恶……”

我也知道自己平素的表现绝对算不上好。说话粗鲁，外表上看起来又是吊儿郎当的样子，但我从来没有无缘无故地对人用过暴力啊。

误解导致恶评，然后就像真有其事一样一传十十传百——这就是学校这种地方的特点了吧？再加上我对一件一件去解开误会这种事情毫无兴趣，所以会变成这样也算是我自己小小的任性累积起来导致的后果。

把可丽饼吃完之后，肚子也就饱了。就在我达成目的，开始考虑要不要回到那个只属于我自己的地方去的时候——

“那边的……是美术部……画肖像画的摊位吗？”

远远的，我看到了美术部成员们经营的路边摊。

如果没看见就好了，但现在已经晚了。

“又是这样啊……”

美术部会开设这个店铺的事情，我完全没有听说过。

每次都是这样。如果来叫我的话，肖像画这种工作……即便我不是很擅长，也还是可以画的。

不知道他们是过于在意我的想法，还是根本就很讨厌我……还是说两者都有呢？

曾经有一次，我直接去问过这个问题——为什么没有叫我一起。

“因为九头龙前辈很忙啊，还要准备比赛作品，应该有很多事情要做吧？对不起……”

——对于这个回答，我只是觉得有点难过，很空虚，但是并没有生气。

因为我到底忙不忙这一点，不是别人决定的，而是我自己。

而且，为什么要道歉呢？

即使没有我，也能开得起来画肖像画的路边摊……不，正因为没有我，可能才能开得起来吧？

我又深深地叹了口气，离开了那个地方。

还是回去吧……回到那个厚重的壁垒的里面。

第三乐章 真实

“恭喜你，绘留奈！呀吼——！”

我一打开门走进那间指定的房间，就看到里面有个穿着白色燕尾服的身影，那是脸上带着那种聚会用的胡子眼镜，闭着眼睛的时雨，他嘭地一声拉响了一个华丽丽的彩纸拉炮，我沉默着又把门原样关上了。

时雨好像完全没发现门被关上了我却没有进去，我在门外还能听到里面传出了听起来是原创乐曲的音乐声，大概是要庆祝我在新人战第一场的胜利吧。

“哟！绘留奈真是有才！快来和我把婚定！变换自如的爱，形式让我如此着迷！一切早已注定，哟！”

唱到一半还莫名其妙变成了说唱形式。押韵押得如此勉强，我也是没什么可说的了。不过对于时雨来说，这首歌他好像还唱得很认真。我明明不想听，但他的声音却大得连在门外的我也能听得很清楚。

“真是的！声音这么大是要干啥呀？外面路过的人不是也能听到了吗？”

没办法我只好再一次打开门走进室内，用力抢走麦克风强行制止他继续唱下去。

不过时雨这首歌好像也差不多唱完了，一副很满足的样子。那满脸志得意满的清爽表情，真是让人生气。

“恭喜你，绘留奈！我为你献上的这首祝贺之歌你觉得怎么样呢？”

“咦？你说有很重要的礼物要给我，不会就是刚才的这个玩意儿吧？不应该是这种吗？我期待的是这一类的东西啊……”

“你别这样用食指和拇指圈成一个圆（**注：在日本是代表钱的手势**）好吗？小绘你这是在期待我直接给你钱吗？”

虽然也并不是这个意思，但是“一首歌”这种礼物我更是完全不期待，也只能和你说句“不用了，谢谢”了……

“总之还是恭喜你！”

这都不知道是第几遍的恭喜了，也不知道时雨第几次拉响了彩纸拉炮。他已经脱下了刚才那件衣服，我也已经一脸蔑视地开始吃摆在我面前的蛋糕。

时间稍微向前回溯一些。

就在太阳已经完全落山，星星也开始在天空中闪亮的时间，我的终端上收到了时雨发来的留言。晚饭也已经吃完了，我本来打算在睡前稍微活动一下身体，所以准备到练习室去。

“绘留奈最喜欢的那个人发来信息了！”

从终端里传出时雨的声音，那语调几乎就是“心情愉悦”这四个字的真实写照。

不知道时雨是动了什么手脚，会定期连进我的终端，还设定了他给我发消息的时候会使用什么样的提示音。

当然我根本没委托过他做这种事情。

我如果把这个举报到风纪委员那里，时雨大概会得到退学处分吧？我一边这样想着，一边连看都没看就这么放着那条留言不管，继续向前走着。

“绘留奈，这样好吗溜咿？”

“没关系没关系。反正他也不会有什么重要的事不是吗？”

毕咪好像很担心地问我，我也轻松地做出回应。

上一次也是，因为他发了“绘留奈，绘留奈”过来，我就回了一句“干吗啦”，结果他说：“我就是叫叫你啊，什么事情也没有！”

这种好像刚谈恋爱的小女生一样的内容，气得我差点把终端都摔了。

如果小冰见发这种内容给我，我大概会开心好几年吧，每一天满脑子都是花的海洋，可惜偏偏是时雨……

“什么嘛，而且我觉得绘留奈的回复也挺厉害的溜咿……”

可能是吧。也许对时雨来说这个回答有点太甜蜜了。

“绘留奈那个为爱情辗转反侧的表哥发来信息了！”

——这次又从终端传来了不同的提示音。虽然我完全搞不清楚这是什么技术，看起来这个设计，好像是可以随机把已经导入我终端里的，各种娱乐性丰富的声音变成消息提示音。

恐怕是发现第一条信息被我无视，紧接着又发了什么过来吧。反正与我无关，继续假装没有听到。

“绘留绘留绘留绘留绘留绘留绘留绘留绘留绘留绘留绘留绘留绘留绘留奈的王子大人发来信息了！”

“好，好烦啊！而且好可怕！我知道了，我知道了啦！我回复你就行了吧，真是的！”

时雨好像连续发了好几条信息，所以提示音开头的部分重复了好几次，听起来简直就好像变成恐怖片了似的。

“看到他对绘留奈做出的这种种行为举止，之前竖立起来的形象可以说是轰然间土崩瓦解了溜咿……在下原本以为，他是一个从图画里走出来的优等生，永远一丝不苟，能代表整座学园的良心的人呢溜咿……”

毕咪愕然地嘀咕着。虽然伤感，但是那些确实都只是你的幻想罢了……

没办法，我只好拿出终端开始查看时雨发来的信息。

“为什么不回我信息绘留奈绘留奈绘留奈绘留奈绘留奈绘留奈绘留奈绘留奈绘留奈绘留奈绘留奈绘留奈。”

悲痛的时雨的信息以近乎塞满整个屏幕的趋势一下子全都冒出来了。

“什么……这是病毒吗？是时雨软件专门针对我开发的病毒吗？不过比起病毒，我倒更想把时雨这个人删掉呢！”

如果不马上回复恐怕又要再发新的过来了，没办法我抓紧时间开始输入回复的内容。

“干什么！你再这样，我就把我们本来就脱离了一半的亲戚关系全部脱离了！”

“已经脱离了一半了吗？这我可是第一次听说啊？哪有可能只是一半的亲戚啊？不过一半血缘——也就是混血——这种说法挺帅气的，我倒是有点喜欢，所以还挺高兴的！”

他的回复以怒涛之势一瞬间就发了过来。这些消息都是以信息的形式发送到我的终端上的，所以听不到声音，可是我脑子里却自动给这些话配上了时雨的声音和动作……真是可悲。

因为太震惊就那么冷着没有回复，那一边不知道是不是等不及了马上就进入了主题。

“绘留奈，恭喜你打赢第一场比赛！有一个很重要的礼物要送给你，要不要现在来开一场胜利庆祝会啊？”

“咦？谢谢！礼物是什么啊！要开！我要开庆祝会！”

“你一看到礼物这个单词就已经双眼发光了溜咿……难道是要给你现金啊溜咿。”

虽然毕咪是用一种很讽刺的语调说出这句话的，但是没办法啊，毕竟我也是一个女孩子嘛。

而且，我过生日的时候就不说了，每次有什么好事发生的时候，时雨都会跑来直接帮我庆祝的。

时雨考进全住宿制的御神乐学园之后，这种庆祝会也很难得再有了，久违的庆祝一次，我也挺开心的。

因为好像还要做些准备，见面的时间和地点也要等确定之后再用终端确认。

在御神乐学园内，好像有很多支付绩点数就能暂时租赁的房间，他好像是租了其中一间来帮我办庆祝会。

“时雨还曾经在圣诞节的时候，打扮成圣诞老人侵入我的房间呢……”

“从你使用‘侵入’这个词开始就已经充满犯罪气息了溜咿！他只是去放圣诞礼物的吧！”

虽然确实是这样，但是他也擅自拍下了我的睡脸。有一次，正好我爸爸也扮成了圣诞老人，结果这两个人就一边喊着“到底谁才是绘留奈真正的圣诞老人，让我们来一决胜负吧”，一边扯对方的假胡子。那个时候，谁也不是圣诞老人这种话，我真的是说不出口。

回忆里的场景，大多数是被美化过的，可是与时雨有关的记忆，每次想起来都让我只能苦笑。

“虽然如此……庆祝会就会很开心啊，我很高兴呢。”

总之，整个过程中我都在大笑这件事是肯定的。时雨最喜欢我的笑容了，这句话几乎可以说是他每天的口头禅。说不定他就是因为这个，才故意一直做一些奇怪的事情逗我笑……不，不至于到这种地步吧？

什么时候有机会的话还是问一下吧，嗯。

如此这般，我怀着不知道时雨会怎么帮我庆祝的期待来到了见面的地点，结果迎接我的现实就是这样的。

“绘留奈？你什么也不说就只是盯着我看是怎么了啊？啊，是想让我再唱一遍刚才的歌吗？”

“才不是呢！”

难道他的这些举动全都是为了我的笑容吗？稍微想到这个可能性的自己真是讨厌啊！打开少女模式的绘留奈要自重啊！

证据就是我刚才连一点笑容都没有露出来，完全一本正经的样子。看着我这样的表情还能觉得我是在要求他把那首歌再唱一遍，时雨的想法已经积极到有些异常的地步了。

虽然我自己也知道，我是属于那种思维相当正面的类型，但还是输给了时雨……或者说，我这种积极向上的性格其实和时雨是很相似的……咦，不会吧？

时雨从小就是和我最亲近的人，这种可能性大得让人害怕。

“我明天就要变成消极的人……以后的人生都要在阴影里度过……”

“为什么突然做这种决定？我说这首歌是礼物真的只是开玩笑的！我已经准备好了绘留奈一定会喜欢的东西了！”

我这突然消沉起来的情绪变化果然引起了时雨的惊慌失措，他马上接着我的话头说了起来。

仔细看看这个房间的话，可以发现在装饰好的房间里，有一个用帘子盖起来的软乎乎的东西以不自然的形状放在那里。

直到刚才，我的注意力都被时雨的歌和奇怪的打扮吸引了，所以没有发现这个。接着我就听到那堆东西里面传出了明日同学的声音——

“大家都准备好了吗？我说‘一、二’就一起来哦！”

“‘一、二’这个口令冰见也想说！好吗好吗？可以让冰见来说吗？”

接着传出来的，是书道部代表八坂冰见的声音。这一次甚至不是明日同学那种刻意压低的声音，而是用正常音量说出来的、可以听得很清楚的声音。

“……我也想说……因为我从来没有负责过这个环节，所以还挺感兴趣的呢。”

这个悠闲表达着自己意愿的声音，大概是花道部代表凑川前辈吧。这时，一个声音满不在乎地说道：

“以凑川同学的性格，让你说的话根本就完全没有气势了吧！这个时候让我来就可以了。”

发表了这番言论的是戏剧部的代表赤间同学吧。

大家都是各自部门的代表，自己所在部门的一年级新生正是参与新人战的时候。

这个时间本来应该去安慰那些输了的学生吧？赢了的学生此时此刻恐怕也有很多问题需要前辈给出参考意见。

明明应该是这样，这些人却愿意为了帮我举办胜利庆祝会花费时间，特意赶到这里来，这让我非常高兴。

“这个，真是最好的礼物了！虽然时雨有着这样那样的问题，但果然是最理解我的人呢！”

“咦，绘留奈……”

就像小时候时雨帮我庆祝的时候一样，我在不经意间已经从背后抱住了时雨。

在动作做到一半、我发现自己在做什么的时候，就已经有些不好意思了——我可没想什么多余的事哦！

就这样抱了一下之后，我装模作样尽量自然地放开了他。

“他一脸成佛了一样的表情在流着眼泪啊溜咿！人在真正高兴的时候，就会像这样既不叫也不嚷，眼泪自然地流下来吗溜咿……”

看着不出声流泪的时雨，毕咪自己在那边很感兴趣似的自说自话。

人群挤来挤去的帘子里面，还是不断传出一声又一声说话的声音。而且凑川前辈甚至因为被挤到，已经从帘子里面露出来了。

虽然我们的眼神都对上了，不过我还是决定吹着口哨假装没有看到。

“那么，到底什么时候才要出场啊？”

“都这样了还要继续躲着吗？也太厚脸皮了溜咿。”

不知什么时候，凑川前辈已经铺好了一个坐垫，在旁边泡上一杯茶喝起来了。

“……请不要在意。”

“我很在意啊！不然还是我来喊口号吧！一、二！”

我伸手一把扯开了帘子，大声地喊道。这么一来，躲在里面争执不下的几个人都面面相觑，最后还是把事先已经商量好的要恭喜我的话一起说了出来。

“小一宫，恭喜。”

“小绘留奈，生日快乐哦！咦，不对吗？”

“恭喜你了，绘留奈同学。”

“……真是的。”

赤间同学、小冰见、明日同学、凑川前辈依次开始祝贺我，对此我虽然是感到很开心，但——

“这样的话还喊‘一、二’干什么啊？大家每个人说的内容都不一样，即使一起说也听不清啊！”

不如说完全没有互相配合着一起说的必要。基本上，这几个各具特色的人物集合在一起，根本不可能有什么统一的行动。而且小冰见似乎还没搞清楚到底是要庆祝什么，她还以为今天是要为我庆祝生日。

“那么蛋糕呢？”

“咦？很遗憾唯一的一个蛋糕我已经吃了……没办法。那就吃了我来代替吧！来吧！”

“绘留奈，你好大胆啊！这种事情我本来是准备等到我们都成人之后再做的！就这样在大家的面前……真的可以吗？”

“我又没对时雨你说！我是对小冰见说呢！而且，成人之后要做什么啊，你不要擅自在自己心里做这种令人恐慌的决定好吗？”

这时我注意到，除了他们之外，还有一个完全没能赶上跟大家一起说话的时机，正一个人无所事事地裹在帘子里面的女孩子。

她今天能出现在这里倒是让我有些吃惊，而且让我心里一暖，喜悦之情简直溢于言表。

“一宫同学，我也来了。嘿嘿，这是庆祝打败我获得胜利的庆祝会，我也来参加是不是有点奇怪啊？”

那女孩正是白天才刚刚和我一起参加了新人战第一场比赛的“小睡袋”——花袋明香。

“不会，完全不奇怪啊！如果我们两个立场反过来，我也会去参加小花袋的庆祝会的！”

我热情地抱住小花袋，为了不让她再说什么自己很奇怪的话，谨慎地措辞表达着自己的想法。

不过，如果真的是我输了的话，若要让我在当天就去参加战胜自己的对手的庆祝会，恐怕也是很难做到的吧。

小花袋，真是一个又强大又温柔的好孩子，能和她成为朋友真是太好了。

时间已经很晚了，明天又要早起，所以庆祝会早早就画下了句点。

即使如此，快乐的时间也总是很快就会过去。

赤间同学告诉我，放学后SIX的成员们本来也很想来参加的，不过如果让他们来的话，戏剧部的其他成员恐怕也会来很多，所以这次他就自己来了。

他笑着说，如果我最后真能创造奇迹获得冠军的话，到时候再把所有人都叫来热热闹闹地庆祝一次。

虽然说，如果我真的最终获胜，那么也就代表了豚困和兔丸他们，还有戏剧部的其他一年级新生已经全都输了……

即使是那样，大家也会来帮我庆祝吧？戏剧部就是一个会让人如此坚信的温暖的部门。

小冰见不小心从时雨准备好的饮料里挑了一瓶碳酸饮料喝，结果搞得一塌糊涂。据小花袋的情报透露，小冰见一喝碳酸饮料就会引发好像醉酒一样的症状……

结果小冰见不但一直纠缠着凑川前辈，还想要当场换衣服，虽然我心里是在高喊着“很好，再脱一点”，不过她还是被小花袋搀扶着先回去了。

我和明日同学讨论期待值排行榜也讨论得相当热烈。虽然还算不上是太大的压力，但是身为排行榜榜首的他，对此多多少少还是有些在意。

在明日同学给我看他保存在终端里初中时参加对抗战的照片时，我看得实在太过兴奋，擅自就想复制一张给自己保留，让明日同学也不禁苦笑起来。

而凑川前辈则一直沉默着在一边看着大家说说笑笑，不时嗯嗯地点着头。不过他被小冰见缠住的时候，用眼神向大家求助的样子也是很有趣的。

*

等到大家都走了之后，就剩下我、时雨还有毕咪三个，一起收拾这间暂时借来的房间。

“早知道就借一间更大点的屋子了。明明开学之后还没过多久时间，绘留奈就这么受欢迎了呢……作为你的表哥，没有比这个更让我高兴的了。”

可能是因为戏剧部的同学们顾虑房间太小所以才没来参加这件事情，让时雨也觉得有点遗憾吧，他一边手脚利落地收拾着房间一边说道。

“才不会！很开心啊……嗯，很开心！让我想起了小学时候的事情呢。每次我过生日，时雨都一定会把我的朋友都叫来一起玩呢。”

现在一想，他连我从没对他说过的交友关系都一清二楚——这种对我的情报收集完善到巨细靡遗的程度，让我心情有点复杂。当时的我可是什么都没想，只管大笑大闹玩得开心就行了。

“我也问过星锁同学要不要来，她说这个时间已经睡了。九头龙同学问了都有谁参加，然后说如果他也来会让气氛都变得不好。”

“我的女神就是因为睡眠时间那么充足，所以皮肤才会那么好的吗？话说回来，九头龙前辈明明不需要想得那么多的嘛！毕竟时雨也在，气氛本来就好不到哪里去啦。”

“绘留奈你能不能稍微走点心？注意一下自己对待我的态度有多么尖锐好吗？”

时雨一边拼命地对我吐槽，一边手上收拾东西的动作完全没有停。真不愧是时雨啊。

这间房的装饰还有其他的准备工作好像都是时雨自己做的。这么一想，就这么拆掉好像又觉得有点可惜了。

不过这也没有办法。这样那样的事，好像都只有等到自己也有一间宽敞的房间之后才能解决了。

这么一想，我又有了干劲。

如果自己的房间足够宽敞，就可以把大家都叫来，那些做好的装饰也可以暂时不收拾就那么摆在房间里。

时雨肯定也会通过某种手段擅自搞到我房间的钥匙，未经允许就偷偷进去布置吧。

嗯？我竟然已经接受了这种现状了吗？我到底是怎么了！

不过呢，因为时雨是从小就一起生活的亲戚，总有一种即使被时雨看到也不会觉得不好意思的感觉……大概吧。

房间收拾好之后，大家休息了一下。时雨还把那副为了庆祝会买来的胡子眼镜戴在了毕咪脸上。

“毕咪老师，这可是最潮流的打扮呢！带着这个在御神乐学园里缓步穿行的话，一定会引发相当大的热潮的！”

“是那样的吗溜咿？在下真的可以收下这么好的东西吗？”

“请拿着请拿着！因为毕咪老师平时对绘留奈也是多方关照的嘛。”

毕咪一副半推半就的样子，转过头来对着我，一脸询问“合不合适”的表情。我则以满面的笑容回应它。

如果被学生们看到它戴着这么一个搞笑的道具，那份本来就没有多少的身为讲师的威严，肯定会变成负数的。

虽然它也感慨过，最近被叫“老师”的次数减少了，就连不认识我的学生们也开始用“毕咪”这个名字称呼它，但是我觉得这个名字让人很有亲近感，所以这样也不错嘛。

和大家一起聊天很开心，我的兴奋还没有冷却呢？脑子里根本就没有接下来就要直接回宿舍睡觉的想法。

不知道是不是察觉到我的心思，时雨缩着肩膀坐到了旁边的一把椅子上。

“时雨上一年级的时候，新人战打得怎么样？你不会是得了冠军吧？”

仔细一想，以前的结果什么的我根本完全一无所知。这个东西如果用终端查询一下，能不能搜到结果呢。

“嗯？新人战啊……绘留奈你觉得我赢了吗？”

结果他竟然用一个问题来回答我的问题。不过这种回答，也可能是因为他正在思考怎么组织语言。

“赢没赢呢？事实上我还一次都没有看过时雨认真战斗的场面吧？虽然听说是挺强的……啊，不过你和九头龙前辈是同年吧？我知道了我知道了，你是和九头龙前辈打的决赛，最后惜败获得了亚军，对不对？”

“事实上我上一年级的时候，还不是御神乐学园的学生。刚才你提到的九头龙同学也和我一样。”

“咦？是那样的吗？我记得你是考试合格，进了一所全住宿制的学校啊……你的意思是说，当时进的学校不是御神乐学园吗？”

仔细回想一下的话，那所学校的名字好像确实不太一样。老实说，因为我当时其实对时雨进了哪所学校并不怎么感兴趣，所以也根本没去记。

“有一所可以算是御神乐学园姐妹学校，同时也是竞争对手的学校溜咿。那里和只有文化类部门活动的御神乐学园一百八十度正相反，是只有运动类部门活动的学校溜咿。”

这也太极端了吧……确实，那个时候，在那些我明明从来没有要过，时雨却总是定期寄来给我的照片上，他穿的校服也和现在御神乐学园的这身校服不一样。

而且时雨本身，也完全没有那种会参加漫画研究会这类室内活动的气质。一定要说的话，应该是属于那种喜欢活动身体，也会选择运动类部门活动的人。

“没错，我就是从那所姐妹学校转进来的。九头龙同学也一样。”

时雨说话的时候一副很怀念的样子，不过感觉他的思绪也相当混乱。他看我兴致勃勃的样子，什么也不说就只用眼神催他继续讲，就拿出终端看了一眼时间——

“这个事情要说起来可就话长了，没关系吗？”

虽然我明天确实还有新人战的第二场比赛要参加，不过时雨也知道，我多半不会同意等到下次有机会再说的，所以他这么问也只是尽人事而已。

“当然了！时雨竟然和九头龙前辈有这样的共同点，如果不搞清楚我怎么睡得着。”

而且所谓的姐妹学校也很有噱头。我还在想，那所只有运动部门的学校，说不定其实更适合我呢！

“那么，要从哪里说起呢？可能从御神乐学园成立的时候开始说起，才是最容易说明白的也说不定。毕咪老师，你觉得呢？你隐瞒了绘留奈一些事情吧？我觉得现在差不多也到了应该要说清楚的时期了。”

这方面就由你来决定了——时雨把话语权留给了毕咪。

毕咪有瞒着我的事？这是什么意思呢？

“唔嗯，在下也一直在想什么时候说比较合适溜咿。从在下负责你入学面试的时候开始，就一直在寻找合适的时机想和你谈谈溜咿。”

“瞒了我这么久吗？寻找时机……啊，难道说毕咪对我……抱歉！我觉得自己的对象至少应该是个人类！”

“能不能请你不要自己擅自就误会，然后又擅自就好像把别人拒绝了一样啊溜咿！而且在下本来就是人类啊溜咿！”

听它这么一说，为了以防万一我就把毕咪的身体从头到尾再次确认了一次，然后心悦诚服地点了点头。

果然不是人类呢。

怎么能有这种人类啊。

不过我本来也没想要追究这个问题，而且现在的话题才是让我感兴趣的地方，所以这个先不管了。

大概是发现再继续这样下去的话，话题恐怕无法继续了。时雨清了清嗓子，开始讲述御神乐学园建立时候的故事。

“这所御神乐学园，从体制上来说，是只接收有资质觉醒能力的学生入学。入学考试也只是顺便走一个形式而已。能否录取与成绩无关，只要通过面试确认对方是否具有入学的资格就可以了。”

“咦？所以入学考试才那么奇怪吗？让我费了好多脑筋！还怀疑是不是故意设置的陷阱问题，东想西想的很费神呢！”

“顺便一提，绘留奈考试现场的录像，已经保留下来作为资料使用了溜咿……噗噗！”

“马上删掉！现在马上把它给我从这个世界上删除掉！虽然刚才提到了隐瞒的事情和不擅长应对的性格之类的事，但我可是时至今日才发现自己竟然也有如此强烈的羞耻心啊！”

本来准备抓住毕咪用些手段让它想点办法的，结果它飘飘悠悠地飞起来逃走了。

毕咪飞到了安全的距离之后，接着说道：

“而且，这所御神乐学园所在的地方，是相当强大的能量场溜咿。很适合限制能力使用者。为了防止他们失去控制，学校才会采取全住宿制，让大家在不离开这个范围的条件下度过学校生活溜咿。”

毕咪一边做了一个把架在鼻梁上的眼镜向上推的动作，一边用讲师该有的口吻讲到。

“原来如此啊。确实，如果能在任何场所不受限制地使用能力的话，早就成了大新闻了。不如说那已经完全属于案件的范围了吧。”

我唔唔嗯嗯地点头表示理解。把学校内部的各种设施建设得如此丰富，让所有生活必需的环节都可以在学校内部完成，也是为了这个原因吧。

“可是，这个就是你瞒着我的事情吗？老实说这并没有多少冲击力啊……”

听毕咪这么一说，最多也就觉得确实是这样而已，反而有点失望。

“那么另外这个你觉得怎么样？在这所学校的范围之内，有绘留奈的祖先……也就是流着一宫家血脉的人亲手设下的特殊的结界。”

时雨说出这句话的时候，有一种即将直捣黄龙的凝重氛围。

可是——

“咦，你说什么？我根本没反应过来你的意思……祖先是谁啦？我爷爷是一个很普通的自称是海盗的老头啊？而且完全没看他游过泳，总是在睡大觉哦？”

我完全没有一宫家会是这种特殊血脉的真实感觉。毕竟在我看来，这就是一个相当普通的家庭。

“那个，在下觉得从自称海盗这一点来说就已经完全不普通了溜咿！恐怕只有绘留奈的爷爷才会这样溜咿……”

顺便一提，在他说自己是海盗之前，是自称为人类国宝的。在我还是个小女孩的时候，还很相信他，好像还曾经满怀崇敬地问他：“爷爷好厉害啊！爷爷是宝贝吗？”

“那个强大的结界现在当然也还存在，没有资质的人连御神乐学园这片土地都看不到，当然也就不可能进入学校内部了溜咿。”

“我祖先好厉害！”

“顺便一提，设下这个结界的貌似是一位巫女呢。”

“巫女！那种传说中的巫女吗？就是那种在我萌上游戏里

出场的巫女后跑去神社，结果因为打工的巫女和想象中的差距太大而导致幻灭的那种巫女吗？”

因为时雨给出了一条很有价值的情报，我的情绪一下子就高了起来。是巫女啊！巫女的话，当然也能设下结界了。

“虽然你对巫女的印象明显偏离事实这一点也让人很在意……不过没错，就是那种巫女。”

我的祖先——虽然不知道是多久以前的祖先——竟然是巫女，这还是让人有点开心的。下次再看到爷爷，要问问他家里有没有家谱之类的东西呢。

“在这个能量场设下的结界，不但让人更容易控制自己的能力，在对自己的设想作用下，也有提高精神力的效果。”

“确实啊，我进入御神乐学园之后，就觉得自己在精神方面已经成长为大人了呢！”

“在下觉得这单纯只是你的错觉而已溜咿……”

毕咪，你很烦啊！本来还以为，是谁想到要在交通如此不便的地方建起这么大的一座学校呢，既然非得是这个地方不可，那就可以理解了。

“只是，这件事情一般要等到学生念到三年级之后才会被告知……你要保证不会告诉任何人我才能告诉你溜咿。”

虽然毕咪一脸严肃地跟我确认，但是它脸上还戴着那副胡子眼镜，实在是毫无任何威严。

我默默地帮它摘掉了眼镜，用力点了点头。

“就交给我吧！我的嘴像钻石一样坚硬！虽然是女孩子却不会被大家叫去聊八卦的绘留奈，可是很有名的哦！”

“是人家不叫你吗……这个听起来倒也挺凄凉的。”

时雨好像很遗憾似的在那边嘀嘀咕咕些什么，不过我希望他不要再深究这个问题了。特别是在讨论有关恋爱的八卦的时候，还会被朋友说：“这种事情绘留奈根本不懂，所以不叫她也没关系啦。不然她又会问些奇怪的问题，比如‘恋爱游戏里的故事在现实生活中到底有没有’之类的！”

虽然我曾经确实有很了不起似的把恋爱游戏中的故事情节当作自己的经验讲述过，但也不用这样就不带我玩吧！

总之，我是绝对不会把不能告诉别人的事情说出口的，这是我的性格。

这就是武士道！虽然我并不是武士……

“那在下就相信你告诉你吧。御神乐学园的学生，基本上来说，只要一走出学校的范围，就会丧失与学校有关的那部分记忆溜咿。”

毕咪嘴里说出来的话，比我能想象得到的更加沉重。

毕咪很沉重？呵呵呵……就是沉重到会让我产生如此无聊的联想，然后咧开嘴笑了一下的内容。

“记忆……是说会忘记所有人吗？就连我和星锁前辈之间发生的缠绵悱恻的纯爱爱情故事也会全部被抹销吗？”

“虽然不知道你们之间还有那种故事，不过一开始就没存在过的东西应该也谈不上‘抹销’。所谓丧失记忆，丧失的其实是与能力以及学校相关的事情。”

太好了。如果所有事情都忘记了，也太让人难过了。看样子，时雨是为了让我放心才告诉我这些的。我惊慌失措了一下之后，马上就平静下来了。

“关于能力这部分的记忆也是没有办法的。可是，一旦走出学校的范围就会失忆，那么在我来考试之前，时雨离开学校回家那次又是怎么回事呢？”

“如果得到特别许可的话，也是有可能带着记忆外出的。但学生会和学校方面都会进行相当严格的审查。”

“不过成绩不好的人根本不会有资格就是了溜咿。”

咦？当时我还以为时雨只是久违的从住宿学校回家来而已，根本没有什么感触，原来背后还有这种内情啊。

当然了，在御神乐学园之外的地方，应该是严禁提到有关能力的事情吧？像我这样不被信任的人，估计是绝对不会得到这种许可……

“能力本身就是每个人身上潜藏的资质，并不会因为丧失了与之相关的记忆就消失。所以，这所学校的学生之中，虽然本人没有主动使用能力，但是在无意识之中也会让能力得到发挥，毕业之后也成为了艺术家或者学者，活跃在相关领域的人好像也是很多的呢。”

时雨用“每个人身上潜藏的资质”来形容能力，确实让人有种恍然大悟的感觉，但是我的能力在毕业之后能在什么方面有效利用呢？这一点我根本想不出来，怎么办？

如果在马路上“嘭”地发一枪什么的，一般来说别人肯定是报警了吧？

“在学校的范围内，因为处于结界之中，能够控制好能力才能使出华丽的效果溜咿。尤其是像绘留奈你这种夸张的能力，在外面是绝对无法使用的溜咿。”

“对吧？不管有没有记忆，我的能力如果用出来的话，根本无法隐藏，就连御神乐学园的事情恐怕早晚也会被牵扯出来的吧……”

不知道是不是猜出我会担心的重点，毕咪浅显易懂地做了一下说明。偶尔也会在电视上看到一些超能力者，那些人莫非也是御神乐学园或者是那所姐妹学校里毕业的学生吗？

“虽然绘留奈入学之后应该也在最初的那些课堂上学到了这些内容，控制自己能力的关键，就是操控能力这件事本身让人觉得很开心的感觉溜咿。不过现在这个环节已经变得相当的形式化，即使在课堂上讲授了，恐怕也没有能真的领会到这一点的学生了吧，这种现状让在下也觉得很不安溜咿……”

“这种事情不论教了也好，没教也罢，只要不要被能力左右，通过学校生活让自己不断向前成长不就好了吗？”

就像毕咪所说的，可能真的没有学生会直接按照字面意思领会这一点。毕竟这话会让人觉得流于形式化，类似经常能听到的那种心灵理论，或者只是为了强调正面影响之类的东西。

“如果那真的是控制自己能力的最好的诀窍的话……那么，我恐怕天生就很适合使用能力呢！”

因为我在无意识之中，好像就一直在实践着这一诀窍呢。

我从来没有因为练习而觉得辛苦过。不知道是不是因为一直有伙伴们在身边，所以总是觉得很快乐。

“正是这个现在已经变成形式化的东西，成为了让我从姐妹学校转学到这边来的其中一个理由。不过我不知道九头龙同学是不是因为和我相同的理由转过来的。”

和御神乐学园完全相反的，那所只有运动系部门活动的姐妹学校——

“我对那所姐妹学校很感兴趣！我说，两所学校互相之间没有交流什么的吗？比如一起办学园祭之类的活动什么的？”

“这个嘛……”

时雨好像从心底觉得很难说出口的样子，欲言又止。正在我觉得不可思议的时候，毕咪接着讲了起来。

“御神乐学园这边应该还挺想搞好关系的溜咿……可惜，对方单方面把这边看成竞争对手，现在的关系相当僵硬溜咿。虽然每年的年底，两所学校都会各组一支全明星队进行交流比赛，不过最近一直都是御神乐这边战败呢溜咿。”

“这很热血啊！不是让人很有斗志吗！全明星什么的，不知道什么时候我也可以入选呢！”

只有两所学校精挑细选出来的学生才能参加，而且平常都在打个人战，这次可以打团队战！那种场景只要想象一下，就会让我情绪高涨啊。

“最近一直都是战败”这一点也很好啊！选上我之后这个趋势就会大逆转！这种妄想简直不能更棒了！

“绘留奈，你笑得太过了！虽然我大致上能猜到你在想什么……我去年也被选上了，不过和平常根本没一起战斗过的成员们组成战队，其实是很困难的。”

应该就是那样吧。可是，这一点上对方应该也是一样的。

不过，这种担心等到被选上之后再去想就可以了！

我一边幻想着自己被选入全明星，沐浴在两所学校女生们的尖叫声中的情景，一边给自己鼓劲。为了达到这个目标，首先要在新人战中拔得头筹。

“话题稍微有点偏掉了。虽然现在什么样子还不知道，但是我还在那边的时候，姐妹学校和御神乐学园的气氛大相径庭，可以说是杀气相当大的地方。那里属于捧高踩低、互相憎恨都很平常的环境。在那种大环境之下，我和九头龙同学是在同学年中同为顶尖学生互相竞争的关系……”

时雨有点怀念的样子，他的眼睛像在看着远处，描述着记忆中自己还在姐妹学校时的往事。

我没有随便接话插嘴，暗暗决定要老实地听他讲。

这件事，一定相当重要。

＊

那所学校的所在地，在距离御神乐学园相当远的西面，是一所在规模、校规以及基础事项方面基本上全都和御神乐学园如出一辙的姐妹学校。

唯一最大的差别，是与御神乐学园只有文化系部门活动相反，姐妹学校只有运动系部门活动。

虽然和绘留奈不同，我并不是一宫家的直系血亲，但是“二宫”这个有血缘关系的姓氏好像能证明我也是具有一定的资质的，所以我——二宫时雨——简直就像被命运牵引，是一定会到那所姐妹学校去上学的。

虽然因为是全住宿制，所以上学之后就必须要离开绘留奈身边这一点曾经让我很犹豫……不过，先在两个人之间设置一段距离，说不定会让绘留奈再次发现我的存在有多么重要……就这样，加上我当时沉迷的剑道也能派上用场，最后还是选择了那所学校。

“可是，直到最后离开时，我也没能适应那所学校的氛围。”

毕咪老师好像对那边的校风也挺清楚的样子，它对我说的事情大概多少也有些赞同，一副高深莫测的表情安静地听着。

绘留奈毕竟只见过御神乐学园这边良好的学校氛围，好像不太能想象得出姐妹学校是一个什么样的状态。

其实从学校根本的方向性上来说，那边和御神乐学园本来应该是一样的。可是，对于本来应该同样在教学中教导学生的、控制能力的关键——也就是操控能力的时候“总之就是让人觉得很开心”的那种感觉——的理解上，却是完全不同的。

那边就好像打从心底瞧不起这种观点一样，使得整个学校都蔓延着一种“越是压制能力就越能发挥出更强大的力量”的气氛，快乐的感觉根本没有人会有。

虽然御神乐学园对这一点也并没有多么重视，但是不知道是不是本来就有很多学生认为使用能力是很有趣的。而且对抗战时的气氛也像盛放烟火时一样，每个人都很开心地参与。

在姐妹学校中，大家追求的是绩点数和对抗战中取得的成绩。为了达到这两个目的，大家都是无所不为的，所以我渐渐觉得有些无法跟上这个潮流了。

就是在那个时候，我认识了九头龙同学。

最开始认识他的时候，他和现在可是大不一样的。虽然因为外表的原因，给人的第一印象很可怕——这在两所学校都是一样——但是他那个时候性格很直爽，被身边的同学仰慕，是类似于带领大家的领导者一样的角色。

“看着他一点一点变成现在这个样子，连旁观者都不禁唏嘘啊……”

“为什么……九头龙前辈到底遇到了什么事？”

绘留奈好像很担心似的问到。她本来大概准备安静地听我讲，现在看起来好像终于是忍不住了。

夜已经深了，可能在外面活动的学生已经很少了吧，周边都变得相当安静。

绘留奈明天还有比赛……

虽然我也知道，今天最好还是不要讲一些太费神的事情给她听比较好，可是从这孩子的性格上看，她是不可能简单地就同意“剩下的下次再讲”这种提议的。

而且，绘留奈是很强大又聪明的孩子。不管听到什么样的故事，大概都能马上就接受而且很好地消化掉吧。

“他被本来应该是朋友的人，用很过分的方式背叛了。那时候九头龙同学因为并没有加入任何部门，所以经常作为帮手被其他部门的人叫去帮忙……”

因为是帮朋友的忙，所以绩点数什么的也不会计较，只要他们去叫九头龙同学，他从来也不会拒绝，总是笑着去帮忙。

如果最后的结果不错，其他部门的朋友当然也会来拜托他帮忙，来往间，九头龙同学的影响力也越来越大。

但不管怎么说，他毕竟只是一个人，总有极限的，会出问题也只是时间的长短而已。

等到马上就要举行新人战的时候，很多部门都希望他能成为自己的战斗力，所以各种邀请也让他应接不暇。

虽然九头龙同学对每一个部门的活动内容都能应对自如，但要让他决定只给某个部门帮忙还是很难的，所以只能不断地拒绝。

那个时候的姐妹学校，在对抗战上请外援已经是很常见的事情了，基本上每个部门都会或多或少地拜托外援来帮忙。

当然，也有不能仅凭个人的想法来决定帮哪一边的时候。遇上这种情况，就只能两边都拒绝了……

“一次偶然的机会，九头龙同学听到了这样的传言。他以为是朋友的同学，在背地里说他的坏话。”

也许他们以为，只要大家都对九头龙同学产生不好的印象，自己的部门就可以独占他的能力了。也有可能是因为请他帮忙的时候被拒绝了，所以产生了不满的情绪。

不过，从那个时候开始，他就慢慢地变了。

“好过分……好过分啊！”

不知道小绘留奈那天生的想象力是不是让她想象出了当时九头龙同学所遭遇的情况，她两只手掩着嘴叫了出来。

她的声音好像还有一点颤抖。我从口袋里拿出了手帕，沉默着递给了她。

“谢谢……我可以用这个擤鼻子吗？”

“可，可以吧……”

绘留奈还是这样，对我完全不会有什么掩饰或者不好意思。

我斜眼看着她真的用我的手帕擤起了鼻子，开始回忆当时的情景。

那个时候我已经觉醒了自己名为“Hero Time”的能力，也有越来越多不知道我名字的同学开始用这个绰号称呼我。

在九头龙同学给别的部门帮忙参加对抗战的时候，我们遇到了，一场乱斗之后大家打了个平手，然后我们的关系就变得很要好了。

我作为前途无量的新生，一个人住在剑道部分配给我的房间里，九头龙同学听说我觉得房间太空旷之后就说：

“那让我也到你那里去住吧。我没有所属部门，没什么地方能住呢。”

之后，他就带着睡袋搬进来住了。

“九头龙前辈也住过睡袋？突然有了一种亲近的感觉呢！下次再见面，我就用‘睡袋不良少年’的简称——‘睡不良’来称呼他吧！”

绘留奈似乎被这微妙的细节感动，一副很感兴趣的样子……我还是忽略吧。

我们一起生活之后，他的烦恼好像也变成了我们共有的烦恼。可是，我除了听他说之外，什么也做不到。

而且，知道了那些本来被他当作朋友的同学背后是怎么看他的之后，九头龙同学就不去上课了，当然也不再作为外援参加对抗战了。

他也没有去寻找自己的所属部门，每天就是缩在房间里不出来。然后就好像为了要发泄什么一样，每天都在笔记本上随手涂鸦。

不管对他说什么都是一副心不在焉的样子，终于有一天，他也开始用怀疑的眼神看着我了。

“……‘Hero Time’，其实你也一样，觉得我挺讨厌的吧？”

他最后一次对我说话，就是用很小的声音，说了这个。

到了第二天早上，他就已经从我的房间里消失了，同时也从姐妹学校里消失了。

在那之后，我在新人战中获得了冠军，可是直到最后也无法适应姐妹学校里的气氛。在学校之间互相交涉之后，我就转学到御神乐学园了。

因为没办法转到普通的学校去，所以这个转学的过程还是很顺利的。据说二宫这个姓氏，也是一个很大的原因。

等我开始在御神乐学园上学之后，才知道他也跟我一样转学到这边来了。

即使过了很长时间——直到现在——虽然我们也有过对话，却再也不能恢复原来的那种关系了……

“所以现在还被姐妹学校的学生当作眼中钉，基本上就像叛徒一样吧。”

御神乐学园和姐妹学校之间的距离相当远，如果不参加一年一度的交流战的话，见面的机会也基本没有。可是，我知道负面的感情摆在眼前的时候，那种感觉可比想象中还更强烈。

“时雨也好，九头龙前辈也好，我觉得你们到御神乐学园来就对了！简直不能再对了！”

绘留奈喘着粗气，好像很生气似的喊了出来。

“我一定要加入全明星队，然后把那边的那些家伙打个落花流水！”

咻咻，小绘留奈把粗重的呼吸声当作背景音效，开始模仿影子拳击手。

她的那副样子实在是让人忍俊不禁，让我再次觉得，转到御神乐学园来真是太好了。

如果我现在还留在姐妹学校里，不管她有再多的才华，恐怕都不会劝她和我去念同一所学校了吧。

她是继承了一宫家正统血脉的人，还有着无论遇到什么事情都能乐观以对的天性。她的才能一旦开花结果，选入全明星队也不是不可能的。

虽然也可能是我偏心，但是我确实是这么认为的。

“所以呢，我的新人战结果就是在姐妹学校获得了冠军。虽然有好几次都差点输了，不过最后还是险胜。而且，如果九头龙同学也参加的话……”

我觉得结果会变成怎样就很难说了。

“冠军啊……唔，这样一来的话如果我不得冠军的话可就说不过去了啊！”

“就是要有这个劲头溜咿，绘留奈！”

绘留奈的小火苗应该早就点燃了，但是好像还可以让这把火再烧得更旺一些。

看来我把这些告诉她是对的。不过如果九头龙同学知道的话，他一定会勃然大怒吧。

“可是，你本来是剑道部的话，为什么来御神乐学园之后会选择漫画研究会呢？”

“这个要说的话就是另一段很长的故事了，下次有时间再谈吧。就像赤间同学也说过的，如果绘留奈能获得冠军的话，我们还会再办一场更盛大的庆祝会，一直玩到天亮吧！”

现场还有讲师在，我却明目张胆地说出了“要通宵玩到天亮”这种违反校规的话来。

虽然确实有点不太好，不过毕咪老师好像也装作没有听到我说什么的样子。

还有绘留奈也是，虽然一副好像很不满的样子，不过如此忙乱的一天大概也让她觉得疲劳了，她打着哈欠，马上就要睡着了似的。

“好吧！今天我就姑且同意到此为止吧！”

最后还是露出了一个最适合在这个为她举办的庆祝会上展现的、像百花盛开一样的笑容。

我觉得绘留奈这个性格，一定是我相当喜欢的地方吧。

我们约好了明天会去看她的比赛，今天就到此为止吧。

我关掉房间里的灯，正准备朝小绘留奈所在的昏暗走廊走去的时候，

“时雨，谢谢你哦。我很开心呢。”

她像小时候一样直率地跟我道谢，反而让我惊慌失措起来。

为了掩饰自己的害羞，我本来还准备像平常一样，说点那种好像变态一样的台词的，可是却什么也说不出口。

她的这种笑容，真是我最不擅长应对的了。

第四乐章 情绪·密码

Tension Code

睁开眼睛，看到的是放在睡袋内侧的美术部成员帮我画的肖像画……

不过这个叫法也不是很准确，要说的话，那其实是一张小冰见正在亲我的插图。

“这个早晨真是太棒了！虽然因为勉强贴在睡袋里面，画纸都变得皱巴巴的了，可是小冰见的魅力还是没有受到丝毫损伤！昨天晚上贴这张画的时候，也因为不小心看得太入迷了，结果根本睡不着呢！”

虽然话是这么说——而且我昨天也确实很少见的睡不着——但事实上，与其说是因为这张插图的原因，倒不如说是昨天时雨告诉我的有关九头龙前辈过去的事情，让我一直胡思乱想停不下来。

当然，我也不可能跑到他本人面前，去告诉他我知道了他以前的事情，所以这一点也是需要回避的。

可是，我却想要跟九头龙前辈多说点话。虽然前辈可能会觉得很烦吧……

我轻轻地摸了摸小冰见的插画，从睡袋里钻了出来。

“难得有这个机会，这个你也可以一起贴上呢！”

兔丸昨天一边这么说，一边把他那张美化了百分之两千的肖像画送给了我……不，应该说那其实是原创作品。不过我没贴，只是把它丢在了一边。

“为什么他的眼睛这么闪啊？手上还拿着一颗胡萝卜形状的钻石，这算是装饰品吗？钻石就等于时尚吗？这什么跟什么啊？”

美术部的这位作者也是，与其说是按照要求作画，倒不说恐怕画画的时候应该一直在控制着自己的感情，保持着无心的状态吧。

好不容易练出来的技术，竟然就是为了要画这种画——昨天晚上回去之后，他一定哭得泪湿枕巾了。

我一边同情着身为受害者的美术部成员，一边随便放下兔丸的那张画，幅度很大地伸了个懒腰，向窗外看去。

窗外有很多已经在锻炼的学生，不知道是不是新人淘汰赛第二轮比赛的参赛者呢。

“我也想要稍微活动一下身体了！而且距离我的比赛还有很多时间呢！”

即使准备把朋友们的比赛都尽量看一下，时间也还是会多出很多。今天那些路边摊应该也会很热闹吧，虽然我的绩点数已经见底了……

因为今天连毕咪都要去做其他场次比赛的裁判，所以我们说好过后再会合。

“啪嗒”一声，我拍了拍自己的脸颊，让自己精神起来。

“哇，不小心拍得太用力了！好痛，好痛啊！”

这是一个像平常一样的、很有我的风格的、毫无紧张感的早上。不过，至少我还没有什么奇怪或是不冷静的表现。

“就像平常一样”说不定也是一个好的倾向——我很积极地这么想着。

其实赤间同学也说过，比赛之前只做想象练习也可以。可是要我做想象练习的话，肯定整个战斗过程都会被我想象得非常顺利，最后也会以我的胜利为结局的吧……或者是马上要输到底的时候，听到可爱的女孩子的加油声，就奋力站起来了，然后一口气反败为胜之类的。因为不管对手是谁，都会变成这样的结局，所以我做不做想象练习其实是没有什么区别的。所以我觉得，我还是应该去活动一下身体，放松一下才是最好的。

“就这么不明不白的实在讨厌，心里在意的事情还是应该先去解决一下吧。”

我着急地独自朝准备好换洗衣服的浴室跑去。

有一个人，我想要马上就去跟他见一面。

那栋建筑物里有着各种各样的部门活动室，仿佛迷宫一样。在“迷宫”里，有一个让人好奇为什么要建得那么深、藏在最深处的地方——

在那里，有一个属于美术部的，九头龙前辈经常会待着的活动室。我在体验美术部部门活动的时候曾经去过，是九头龙前辈自己在使用的很小的房间。

“谢谢你带我过来！我迷路了，差点都要哭出来了！其实根本就已经哭出来了！就好像刚看完一部感人肺腑的长篇电影一样大哭不止呢！我都快以为自己一辈子都找不到了！”

那个隶属于美术部的女孩子和我一样是一年级学生，她带着一种很复杂的表情瞥了那间活动室一眼，对着我轻轻点了点头，又沿着刚才过来的路线走远了。

在我因为迷路而绝望的时候，这个伸出了援手的温柔的女孩子，走到这个房间门前的时候却也变成了那种态度。

“嗯，到底是为了什么呢……”

虽然有疑问，但现在能给我意见的毕咪又不在。这个问题的根源恐怕也是很深的，不是随随便便就能去干预的。

我完全没有想法要说，就是要把这个问题解决给你们看看。只不过，如果能在聊天的过程中找到头绪的话……

虽然活动室门上没有挂牌子，但是从上面沾着的那些色彩鲜艳的颜料上来看，也能很容易地判断出这里确实是美术部的活动室。

紧闭的大门充满了一种拒绝来访的感觉。这感觉明显到别人根本不可能随随便便就闯进去。

“不颜前辈！老师！你喜欢的后辈来找你玩了！唔哦！”

——不过我完全无视了这间房散发出的“不要靠近”的气

场，很有精神地大喊大叫着用力地敲着门。

感觉房间里面有人活动的声音，所以应该不会是空房间。

要是没人我可不同意——我用这种气势不停地叫着。

“你已经被完全包围了！你的妈妈在哭哦！不要抵抗了，老实点快出来吧！”

虽然说哭的恐怕不是九头龙前辈的妈妈，而是把女儿养成这样的我妈妈也说不定，但我却越敲越开心，连敲门的节奏都变得活泼欢快起来。

咚咚！咚铛铛！咚！铛铛！咔嚓咔嚓！

我摆出敲鼓的姿势全身用力，一脸认真地敲着，总之就是敲！可是这扇门却完全没有要打开的迹象。

哼，这个犯人还真是顽固啊……如果再拖延下去，我也很担心人质的体力问题。（当然，房间里的根本就不是犯人，也根本不存在什么人质。）

“九头龙前辈，我给你带了冰冰凉的牛奶做礼物哦！”

结果就在我刚刚说出牛奶这个词，门就发出咔嚓一声打开了。

说不定对于九头龙前辈来说，“牛奶”就和“芝麻开门”是一样的吧……

九头龙前辈手上还拿着画笔，一脸好像在说“我就知道是你”似的表情，低头看着我。

“……牛奶呢？”

“啊，那个……我现在就去给你买，对不起……”

面对他那副想要把我刺穿似的眼神，“牛奶什么的我根本就没带啊！唉嘿☆”这种话我根本就说不出口。

九头龙前辈好像真的很失望，连眉毛都垂了下来。

“……算了，不用特意去买也没关系。这个活动室里有冰箱，我也有很多存货。”

他抬了一下下巴，示意我可以进去了。

“哦，这里是九头龙前辈的根据地吗？嗅嗅……这，这个味道！难道说！”

“‘根据地’这种说法给人印象很差啊，别这么叫了。别把这里形容得好像恶魔的巢穴一样！而且这个味道也不是烟味，是绘画用具的味道！”

“什么嘛。”

“你怎么好像还挺失望的。怎么？我没能回应你的期待是我不对吗？而且烟草对身体不好啊。”

九头龙前辈还是像平常一样说着这些正确的道理。

这个房间收拾得相当整洁，可以说是相当意外。画布啦，工具颜料什么的都有很多。而这之中最让我在意的就是——

“啊，好多奖状和奖章啊！不颜前辈挺能干的嘛！厉害，御神乐学园的蒙娜丽莎！”

“蒙娜丽莎又不是画家的名字，那是绘画作品的名字好吗？还有，你现在立刻停止叫我不颜前辈。你以为偷偷摸摸地一直这么叫就能变成理所当然的吗？”

虽然按照时雨所说的，九头龙前辈加入美术部应该是在转学到御神乐学园之后的事情，可是那么短的时间里能拿到这么多奖项，应该能证明他是一个有很厉害的才能的人吧。

我很用心地打量四周的时候，九头龙前辈就露出一种打从心底里觉得厌恶的表情。

“那些东西，只不过是一些毫无意义的垃圾罢了。虽然现在的我连这样的垃圾也得不到。”

他说话的时候就像随时要吐出口水来一样，还把头转向了旁边。

最大的一枚奖章，好像是一幅名为《无罪》的作品获得的。旁边还挂着一张照片，上面拍摄的是九头龙前辈那张无机质的、好像没有任何表情似的脸。照片里的他正从一位看起来就很像是伟大艺术家一样的人手中，接过那枚奖章。

放在奖章旁边的那本杂志里，还刊登了关于那幅《无罪》的特别报道。

我唰啦唰啦地翻开杂志，在介绍文章中，作者用“未完成的才能”啦，或者“最顶尖的品味”之类的词汇，对这幅作品给出了让人难以置信的高评价。

而这间活动室里摆放着的那些作品之中，那幅画也静静地放在其中。只是看了一眼，就让人起了鸡皮疙瘩。

“呜哇，好厉害……九头龙前辈，你真的是个人类吧……”

“难道你以前都以为我不是人类吗……自从认识你之后我就一直有在想，绘留奈你应该好好学学待人礼仪了。‘Hero Time’……时雨不总是和你在一起吗？跟那家伙学学。”

“不不不！并不是那个意思呢！应该说是天性呢，还是说是具有真正的实力的家伙呢！总之这是在夸你！”

看起来好像是我用错了词。不过，能从九头龙前辈的嘴里听到时雨的名字，却让我觉得有些高兴。

九头龙前辈也走到了我的身边，眯着眼睛看那幅《无罪》，就好像那幅画上在发光一样。

“我自己呢，在画这幅画的时候也曾经这样以为过——因为周围的人把我捧得太高了。可是……”

他伸手拿起调色盘，用力朝着那幅《无罪》扔了过去。

“你，你要干什么啊！Stop！Hey,Mr.！Stop,please！”

因为过于惊慌，结果喊出了一串诡异的英语。我站在那幅画前面想用自己的身体去挡，结果却没有来得及。

五颜六色的颜料四散飞溅……正在我这么想的时候——

“……咦？这是魔法吗？”

就在马上要染上那幅画的时候，颜料突然悬停在半空中，然后无声无息地又回到了调色盘上。整个调色盘也飘在空中，忽忽悠悠地飞回了九头龙前辈的手上。

这可能也是前辈的能力中的一种吧。

不过，可是真的吓了我一跳……

“开玩笑的啦。而且，这里挂着的这幅是复制品。真正的那幅画好像被放在某个上档次的美术馆里展览呢。”

即使只是一幅复制品也还是让我打从心底里松了一口气，没有眼看着这么棒的作品被毁掉真是太好了。

九头龙前辈放下那个调色盘，从活动室配备的小型冰箱里拿出了一盒牛奶。

他的视线在冰箱里面和我的脸上来回反复扫了几次，用手唰啦唰啦地把头发抓了个乱七八糟之后，看起来好像又稍微犹豫了一下，最后抓起一包水果牛奶朝我扔了过来。

“哇！这个我可以喝！不颜前辈，难道你是为了我才准备了这个吗？你是帅哥吗？”

我伸手接住了那包扔得很准，基本上就是直接掉进我手里的水果牛奶，开心地跳起了舞来。

“哪有那种可能。我是为了美术部的后辈……如果他们来的话可能用得上才准备的……虽然，根本就不会有人来的……”

他一边把吸管插进牛奶包装，一边用微妙得有些寂寞的声音说着这样的话。

我再次环顾了这间基本上变成了九头龙前辈专用的活动室，果然收拾得相当整洁。如果只是为了自己用起来方便，随自己的喜好使用的话，其实是没必要整理得这么干净的。

他这么做，是为了如果有人来访的话不至于不方便，或者说是让人能更轻松地来访吧。

这么一想，就有种心中一暖的感觉。

也许是我的想法从脸上表现出来了——

“绘留奈，你是不是在想什么很奇怪的事情？虽然对我来说都无所谓啦……对了，你来找我是有什么事的吧？”

他这句话听起来就好像在说，如果没有什么事情的话，我根本就不可能到这里来找他一样。

“嗯，虽然说能称得上是事情的事情其实根本没有！不过就在刚才，我想到了一件想要拜托你帮忙的事情！”

“我拒绝。”

这是瞬杀。是秒杀啊。

这就是所谓的不分青红皂白吗？就不能表现得还有思考转变的余地吗？我甚至连想要拜托的内容都还没来得及说出来呢！

“你有事情的话，就去拜托星锁或者时雨吧。虽然我不知道你想要拜托的是什么事情，但他们都会比我办得更好的。”

他一边说，一边对着一张崭新的画布开始下笔了。

他的笔触就像在一个纯白的空间里创造了光芒，这是毫无杂质的属于九头龙前辈的世界。

“我希望你能以我为题目画一张画！不是说要画我的样子！是从九头龙前辈的角度客观观察之后，对我的印象。”

我一口气把自己想要拜托他做的事情说了出来之后，九头龙前辈下笔的动作一下子顿住了。他转头凝视着我所在的方向，简直可以说是在瞪着我。

“哼哼！你用那样的表情看我也是没有用的！不颜前辈根本不像外表看起来的那么可怕，这件事情我早就已经知道了！”

“啊？”

他表面上气势惊人，其实却绝对不会动手或者出口伤人。

“能请你帮我画吗？当然我也不是说马上就要画好啦！什么时候都行！对我加深一些了解之后再画也可以！”

就是这样！我摆出了一个苦苦哀求，且不达目的不罢休的姿态。

九头龙前辈非常非常深地吸了一口气，又长长地吐了出来，摇了摇头：

“绘留奈，你实在太孩子气了，是没办法作为一个题材的。而且，我跟你根本就还算不上认识。”

“哦？那你就认识认识我不就可以了吗？不如我以后经常来这里吧？为了让你更了解我，我就经常到这里来玩，你觉得怎么样？”

如果只要了解就行，那就太简单了。这个活动室本来就让人很舒服，而且水果牛奶也很好喝！

大概终于发现自己说错了话吧，九头龙前辈露出一个懊悔的表情，他差不多是推着我的后背准备半强制性地把我赶出活动室。

“怎么了，怎么了？就算你现在把我赶走，我明天也会再来的啊！”

“你别来了！而且接下来就是新人战了吧？你现在这么悠闲，时间安排上真的没问题吗？”

一听这话，我脸都青了。虽然说本来确实有相当多的时间，但是我之前确实悠闲得过头了。

拿出终端确认了一下，在我没注意到的时候，毕咪已经发过消息给我了。

“比赛时间马上就要到了，你到底在哪里做什么？”

看起来，它好像十分担心我。

“对，对不起九头龙前辈！我必须得走了！没时间了！我身上的魔法就要解除了！”

“怎么突然变成灰姑娘了……快点走吧，快走！”

本来还打算找个什么东西代替玻璃鞋留在这里，但是找来找去都没有合适的，只好把前辈给我的那盒水果牛奶的空包装盒放下了。

“嗯，这个就可以了。”

“那是什么意思啊？难道你还在演灰姑娘要用这个代替玻璃鞋吗？难道我之后还要拿着这个，去找能穿得上这个空纸盒的大猩猩吗？我绝对不会去的！”

……能穿得上空纸盒的大猩猩是个什么鬼？如果真有那种大猩猩，我挺想要它给我签个名的。作为生物来说太新鲜了，简直就是走在时尚的尖端。

“我才不是大猩猩！我是绘留奈！那我走了前辈，我还会再来玩的！”

希望我再来的时候，可以挺胸抬头地汇报自己胜利的战果。我一边想，一边用尽全力朝第二场比赛的会场跑去。

九头龙前辈难掩疲惫，朝着活动室的门口靠近了一些，目送我远去。

他的嘴角，看起来好像稍微露出了一些笑容。

*

“呼，真是相当难啊！不过很开心啊，还想再打一场再打一场呢。放马过来吧！”

“你还真是精力旺盛呢溜咿……第二轮比赛马上就要截止的时候，看着你摇摇晃晃地跑过来，真担心比赛的结果会变成怎样呢溜咿。”

结果我无惊无险地在今天连续获得了两场胜利，顺利地突破第三轮的比赛。

我哼着歌查看终端上的信息，因为兔丸下一场比赛的会场就在附近，所以我正和毕咪商量要去看他的比赛。

一年级学生的总数相当多，一个人一天只排一场比赛是不够的，所以经常会出现一个人一天打几场比赛的情况。

我确定今天已经没有自己的比赛之后，摆出了一个小小的胜利手势。

“很好，今天也顺利存活，嗯！”

在经过了第二轮和第三轮比赛的战斗之后，我发现，至今为止做我练习对手的各位，还有第一轮比赛打过的小花袋，水准都是很厉害的。

我不会粗心大意，也不会骄傲自满。不过，却真的有了“这个对手我应该可以对付”的判断力。

“明日同学和豚困好像都很顺利地一直赢了下来溜咿。再这样继续下去，你们一定会成为对手的溜咿。”

“求之不得呢！对了，我刚才看终端还想说，兔丸的比赛对手，是这个……”

这个让我有些眼熟的名字，带来了不祥的预感。

比赛应该马上就要开始了。

“嗯。期待值排行榜上排名第五的，隶属于吹奏乐部的相良安昙，就是他的对手溜咿……”

果然是这样啊。在部门成员本来就很多的吹奏乐部里，名气相当大的相良同学可以说是一年级学生中的王牌。

另外，即使用偏向的眼光去看，兔丸也只是一个还处在上升期的新手。如果在现在这个状态双方发生碰撞……我咕嘟咽下了一口唾沫。

“毕咪，快点！兔丸要死了！”

“你这想象力也太奔放了吧！御神乐学园里才不会发生那

么凄惨的案件呢溜咿！”

不管是输是赢，我都想去现场给兔丸加油。他的对手是那么强的人，希望我多多少少能给他带去一分力量。

今天也跑得太多了，早知道这样早上根本就不需要专门去锻炼身体——我一边想着这些无关紧要的事情，一边朝着兔丸比赛的场地跑去。

“绘留奈，跑反了，反了！你跑的那边是有卖章鱼烧的路边摊的方向溜咿！”

“呃……我真是的，这么简单就输给了自己的本能……”

我骨碌一转身，这次是真的向兔丸所在的方向跑去。

会场所在的建筑物已经进入了我的视野。

不得不说这栋建筑物本身的体积对一个学校来说算是“超标”了……只不过是一所学校而已，竟然还有这样的建筑，这也太奢侈了。

“这是御神乐学园引以为豪的音乐厅。对了，这么说的话，这栋建筑物对吹奏乐部的人来说，就像是自己的家一样吧？”

现在这个时间，比赛已经开始了，观众也应该早就入场了。不过因为隔音的关系，在外面听不到一点欢呼声。

这莫名让人觉得心里有些发毛，不安感愈发清晰了。

“入口在这边溜咿！这里的大门为了隔音做得非常重，在下是打不开的，就交给你了溜咿！”

“毕咪，请你不要再说类似的话了好吗……听起来好像是个在强调自己有多么柔弱的女孩子一样……”

“我打不开饮料瓶子，帮帮我嘛”——即使用这种语气跟我说话，如果说话的人是毕咪的话，我也完全不会心动的。

但如果是我的女神这么说的话——

“请交给我吧！只要打开这扇门就可以了吗？封闭着你的心灵的那扇大门，我也可以一起帮你打开的……”

我必然会略带羞涩地用可爱的声音如此回答！

“啊，现在不是说这个的时候！再不快点兔丸就要变成成年人了！”

“在绘留奈你的头脑里，现在这个会场里正在发生什么事情啊溜咿？”

我绝不会让兔丸在吹奏乐部的相良同学的带领下，说出“人家还是第一次呢”这种话的，不会让他们再进一步！

我把全身的重量都压上去顶开了那扇沉重的大门，本来以为会有震耳欲聋的欢呼声传入我的耳中——

“好安静啊……”

四面包围着中心舞台、处在可以俯瞰整个舞台的位置的观众席上，以吹奏乐部的支援团体为中心，基本上都坐满了。

可是，让人难以忍受的寂静支配着整个空间。

我发现豚困在最前排站起来看着比赛，于是就跑了过去。

“豚困！到底发生了什么？怎么回事……”

豚困对我的声音根本没有反应，愁眉苦脸地盯着场上的情况。虽然他的脸被口罩遮住，但也看得出来正用力地咬着自己的嘴唇。

然后，就好像看不下去了一样，豚困转过身背向舞台，低下了头。

就在那个瞬间，从舞台上传来极大音量的音乐，打破了寂静。

“这是……吹奏乐部……那个相良同学的攻击？”

“没错溜咿。那是‘Malt Accent’。蕴含着足够支配全场的破坏力，就是她的能力溜咿。”

我转头看向声音发出来的源头，兔丸一脸痛苦的表情跪在地上。而他的水晶也只剩下最后一颗了。

“虽然看起来好像他还想站起来……但是身体好像一直在下沉？兔丸到底怎么了啊？”

很明显能看得出，他咬紧牙关拼命在用力，但是看起来就好像被某种力量压制着，整个身体的姿势被压得很低。

在音乐的间隙中传来的痛苦声音，让人有些听不下去了。

“她操纵声音制造声压，好像能使特定位置的重力增加的样子。”

豚困仍然背对着舞台，用悲痛的声音给我解释着。

“而且，她也能制造出与此相反的无重力状态溜咿。所以你看，这么一来……”

毕咪好像看到了什么，伸手指着舞台的上方。

音乐厅的天花板是相当高的，毕咪指的方向就在最高的位置上。那个带着一脸刻薄的笑容漂浮在空中俯视着兔丸的，正是隶属于吹奏乐部的相良安昙。

在什么东西都没有的半空中，她一副游刃有余的样子盘腿保持着坐姿，还好像很无聊似的打着哈欠。

“她在飞吗？那么高的地方，兔丸不管怎么攻击都不可能打得到她啊！这太狡猾了吧？”

“从能力的适应性来说，确实让人绝望溜咿。再加上对方还给兔丸施加了过重力。她的能力的成熟程度，简直让人无法相信她只是一个一年级新生。只是看着都让人觉得兔丸太可怜了溜咿……”

可是，为什么她没有继续破坏兔丸的最后一颗水晶呢？兔丸现在根本就没有反击的能力，如果她愿意的话，应该随时都可以给这场战斗画上句点了啊。

好像是为了回答我的问题，豚困又一次回过头来说道：

“她是在玩呢。从刚才开始就一直是这样了。她随意玩弄着无法抵抗的兔丸，把他当成笨蛋……不过，兔丸好像也下定决心，不会主动开口说出投降一类的话吧。”

豚困倾吐着自己的不满，好像很难过的样子，就像连他也和兔丸一起感觉到了那些痛苦。

我也能理解为什么观众们这么安静了。看起来大家都是被这场过于难以置信的比赛过程给吓住了……

“唔……再这样下去……可是，如果这种情况下发生大逆转，不是也挺帅的吗？”

兔丸好像完全不打算放弃的样子，至少语气还是不屈不挠。可是，从客观的角度来看，也完全看不出他能有什么转机。兔丸要想打败这个对手，应该是没可能的。

虽然如此，我却并不打算就这样安静地在一旁看着他被单方面压制。

我走到安静的观众席的最前排，用两只手拢在嘴边充作喇叭，深深地吸了一口气：

“兔丸！飞吧！一鼓作气跳起来一脚给她踢下去！”

我用自己能喊出的最大的音量叫道。

有那么一个瞬间，连相良同学的音乐都好像被我的声音盖过了，她那略带不愉快的视线向我所在的方向扫来。

那是一双好像在看路边的小石子一样的，冷冽的眼睛。

不知道是不是因为我也在期待值排行里榜上有名的原因，还是受到和小冰见那场对抗战的影响，她好像认出了我，还露出了一个嗤之以鼻的表情。

“兔子同学，你看，你朋友来给你加油喽！你要是兔子的话，就蹦蹦跳跳给我看看啊？当然，你再怎么拼命也是无法攻击到我的。”

就好像对与自己对战的人没有任何敬意一样，相良同学讪笑着发出了嘲讽。

豚困无法继续观看舞台上的战斗场面的心情，我好像多少也能理解了。

这也太过分了……

“这次你是真的来给我加油了呢……好高兴呢……没有比同伴的加油声更有青春力的事件了呢！这样一来我……”

就在兔丸嘴里这番这样那样的话还没有说完的时候，浮在空中的相良同学突然降落下来。

然后，她就不费吹灰之力地把兔丸的最后一颗水晶踩碎了。

“啊……”

兔丸轻轻的叫声，还有水晶破裂的声音，都被音乐的声音遮盖住，没有传进任何人的耳中。

虽然场上已经分出了胜负，但观众席却并没有多么热烈的反应。就连作为相良同学本家的吹奏乐部的亲友团，也沉默地看着发生在眼前的一切。

豚困握得紧紧的拳头在我的视野中划过，好像都要攥出血来一样。

“我不是一开始就说过了吗？兔子本来就应该是被狩猎的立场啊。所以你只要哭着喊着让我开心就好啦。你怎么还斗志昂扬起来了？真是让人扫兴。”

音乐的声音消失了，兔丸也从重力的负担中解放出来。明明限制他动作的外力已经没有了，他还是弯腰伏在地上，脸都要蹭到地面了。

什么话也说不出口——我心里也明白。按我平时的性格，这种场合正应该是开口大喊大叫，让兔丸能听到我的声音才对。

观众席上的人陆陆续续安静地离开了。到处都可以看见，和朋友一起来观战的人，互相之间也完全没有就这场比赛交流感想，只是沉默着离开了音乐厅。

大家都和我是一样的心情吧。我觉得这也没办法。

只有吹奏乐部的亲友团，各个强颜欢笑似的过去要把相良同学围起来。而相良同学完全是一副女王大人的态度，相当坦然地接受了大家的做法。

观众席上的人转眼之际就都走光了……正在我这么想的时候，就看见我进来的时候推开的那扇沉重的门旁边，我的女神……星锁前辈一副很不高兴的样子站在那里。

“就是要这样才是对抗战啊……”

她低声说着，并没有要和谁交流的意思，带着一种悲壮的气氛就这样走了出去。

“星锁前辈？”

她是特地选择了这场比赛来看的呢，还是说虽然我没有发现，但也曾经移步去看过我的比赛呢。

我没法跟她本人确认这个问题，就这样，音乐厅的观众席上就只剩下了我和豚困。

“……其实，如果今天我再赢两场，明天就会和那个相良同学成为比赛对手了。”

豚困一边看着舞台，一边用平时那种冷静的语气低声说着。

舞台上的兔丸好像终于整理好了自己的心情，一脸不好意思地笑着说“哎呀，输了呢”，一边站起来向着我们所在的方向挥着手。

“兔丸！打得不错哦！今晚也来喝一杯吧！兔丸请客，一起喝果汁喝到喝不下为止吧！”

“至少这种时候应该是你们请我吧！我都输了还要损失绩点数不就是祸不单行了吗？”

我随口开的玩笑，他也还是一如往常地给出了回应。

“我今天就不去了。明天我和相良同学的那场比赛，可以的话你能和兔丸一起来观战吗？”

如果不再连赢两场，是不会有和相良同学的比赛的。但是豚困很明显地有着绝对的自信，认为自己一定能赢。

我发现豚困紧紧握住的拳头，一直没有松开。

他甚至没等兔丸走过来，连打个招呼的工夫都没有般，就离开了音乐厅。

“咦？他回去了吗？是一直憋着所以着急上厕所吗？”

走到跟前一看，才发现兔丸的衣服啦之类的到处都是破破烂烂……豚困大概也是不想看到他这幅样子吧。

“看起来好像是呢！豚困一看到兔丸的脸肚子就痛了！”

“这个世界上怎么会有这么没礼貌的事情存在啊！我的脸到底是……”

我抓住兔丸的手，把他往出口的方向拉扯。我细心地注意着，不让对话有中断的机会，绝对不能让兔丸回头看舞台的方向。因为在舞台之上，吹奏乐部的相良安昙一只脚还踩在兔丸水晶的碎片上用力碾着，嘴角带笑地看着这边。

我以前一直以为，对抗战是很开心的事情，不管是输也好赢也好，最后都能干净利落地结束。可是……不，至少我出场的比赛，一定要做到这一点，我用力地在心底发誓。

*

我和兔丸在路边摊随便买了些吃的喝的，虽然把今天新人战胜利得到的绩点数都花了个精光，但我完全不会后悔。

“虽然可能只是强颜欢笑，但是兔丸好像没有受到太大的打击，那我就放心了！”

“按照在下看来，他还是挺勉强的样子溜咿……他看起来好像什么都不考虑的样子，事实上却挺纤细的。刚经历了那样的一场比赛，怎么可能不受伤害呢溜咿。”

“嗯，果然是这样的啊……那早点让他回去算是做对了吧。”

虽然兔丸是说他要去找戏剧部的朋友们，但是我给喵美琳前辈发消息确认时，那边却说他并没有到戏剧部的活动室去。

可能他现在就是想一个人独处吧……

“啊！是不是我没缠着他想给他加油打气会比较好啊？是

不是看谁先吃完三盒章鱼烧的比赛有点多余了啊？”

“谁先吃完的比赛确实有点莫名其妙溜咿……最后看他好像都快要吐出来了。可是，绘留奈陪在他的身边，肯定让他轻松了不少溜咿！”

如果是那样就好了……

明天如果豚困对战相良同学的比赛能实现的话，就一起去看吧——这句话直到最后我也还是没能说出口。

现在跟兔丸提起相良同学的名字，无异于撕开他的伤口，我实在是不敢说。

“绘留奈明天也有比赛，还是早点休息比较好溜咿。这还是你第一次参加学校官方的淘汰赛。即使觉得自己没问题，身体的疲惫还是会积累起来的溜咿。”

“嗯，那就这么办！不过在那之前，我还想去一个地方。你可以带我去吗？”

有一件事情，我无论如何都想弄清楚。

毕咪愣住了，一脸呆呆的表情，歪着头问道：“你到底想要去哪里啊溜咿？”

*

从车上下来之后，矗立在我面前的就是星锁前辈的那座大房子了。

因为是突然决定要来，所以也不能拜托胡桃老师来帮忙开车。

“竟然还有自动驾驶的出租车，真是好厉害啊！御神乐学园里是不是其实也有女仆机器人啊？我小学毕业时的作文，写的就是将来的梦想是存钱买一台女仆机器人呢！大家都写的是将来想要做什么职业，就只有我不是！Yes，only one！”

毕咪通过终端叫来的，是一辆只要支付绩点数就可以把你送到目的地的相当便利的汽车。这车的设计是没有驾驶席的未来风格，就连对车子没有兴趣的我都很感兴趣。

“绘留奈还是小学生的时候就已经是绘留奈了溜咿……在下希望你永远都做那个only one溜咿……”

“毕咪也是only one啊，你身上有很多没有任何人能模仿的要素呢。”

“是在下的错觉吗？怎么听都觉得你好像绕着圈子在贬低在下的外表呢溜咿？”

因为已经用终端预约好了，所以毕咪没有按门铃就直接推开了大宅的前门。

我无论如何都很难相信，这么大的一座房子里，竟然只有星锁前辈和胡桃老师两个人住。

我和毕咪一同穿过富丽堂皇的正门大厅。这栋豪宅无论来了几次我都无法习惯，一直瞪圆了眼睛到处看。

“这么宽敞的大房子，光是要打扫都够呛了吧。只靠胡桃老师应该忙不过来吧？啊，难道说这栋大房子里的某个地方就藏着女仆机器人吗？又软弱又顺从，梦想是总有一天能拥有人类的灵魂，可怜可爱的妹妹系女仆机器人。名字叫做小妹！这里肯定偷偷藏着一台吧？”

“连名字都有了，你这妄想也太具体了溜咿……这里的卫生，应该是由御神乐学园值得自豪的专门清洁人员定期清扫的溜咿。”

我的梦想就这么被直截了当地粉碎了。

再见了，我的小妹……

毕咪一副熟门熟路的样子，在前面领着我在房子里向前走。这次要去的房间并不是上次去过的星锁前辈的寝室，据说星锁前辈现在在别的房间里。

“到了溜咿！”

毕咪这么说着，在一扇双开门的自动门前停了下来。

“家里面竟然有自动门！会遭报应的！这么奢侈一定会遭报应的！”

毕咪以为门会自动打开，保持着原本的速度直接向前飞去，结果一头撞到了好像是玻璃的自动门上。

因为它是在天上飞的，所以自动门并没有感应到他。

“好，好痛溜咿！这怎么回事，是质量问题吗溜咿？”

“我觉得毕咪脑子才有质量问题呢……”

我带着遗憾的心情站到了自动门的前面，两扇门顺利地打开了。

毕咪摆好了姿势，恶狠狠地瞪着自动门。

自动门一打开，就从里面冲出了一股温暖的空气。然后在我眼前出现的这个场景——

“哇！是室内游泳池啊！这么大简直让人难以相信是私人泳池！”

天花板和墙壁都是玻璃的，室内被充沛的阳光充满，是一个过于宽广的室内游泳池。室内种了似乎是来自热带的植物，泳池旁边还有摆放着热带水果汁的桌子——这实在是不得了。

“这就是人生的胜利者住的地方吗……石油？挖到石油的话是不是就可以住在这样的地方了？我，我明天也扛上铲子去找石油吧……”

这个地方就是夸张到会让人产生这样的感觉。我一边发出“吼嗷”的怪声，一边朝着泳池旁边跑去。

“对了，我没看到星锁前辈啊？”

桌子上还准备了热带水果汁，那么之前前辈肯定是来过这里的，不过可能已经离开这里去了别的地方吧。

总之先冷静下来，正当我准备张嘴含住喝了一半的果汁里面插的吸管，跟星锁前辈来个间接接吻的时候——

“你在说什么呢？星锁的话就在这里啊溜咿。你看！”

毕咪悠闲地飞着，朝着泳池一端飞去。然后就在那个瞬间，水面下的人鱼公主浮了上来。

“呼……不好意思，因为我有点想游泳。让你们久等了吧？”

那边那个从水中浮起，摘掉头上的泳帽，把头发“唰啦”一下撩起来的身影，正是星锁前辈。

“啊……啊……啊唔……”

“绘留奈！快呼吸啊溜咿！刺激太强烈了连话都不会说了吗溜咿？”

星锁前辈游到泳池边缘，两只手撑起身体，我的女神穿着泳装来到了水面之上。

纯白色的比基尼，就像在强调她那超凡脱俗的身材一样，吸饱了水分，紧紧地贴合在泛着透明感的肌肤之上。

“咦……前辈现在要做什么……难道说，难道说是传说中那个把夹到臀缝中的泳衣拉出来的动作吗……那个，也未免太大胆了吧！”

“虽然我没打算那么做……不过那算是传说中的动作吗？”

星锁前辈把放在泳池旁边的毛巾裹在自己身上，朝我这边走了过来。

靠近了一看，星锁前辈的美貌更是让人目眩神迷。就在我因为太过混乱，差点就要穿着校服跳到游泳池里去的时候——

“那么，你想要问我的是什么事呢？”

星锁前辈一边滴着水一边坐在椅子上，伸手去拿那杯热带水果汁。

没错，我就是因为有一件事情无论如何也想问个明白才突然来打扰星锁前辈的。可是——

“在那之前，我可不可以……先借一套泳装啊？”

虽然现在的话题很严肃，可是我这个烦恼不解决也不行。

“唔嗷嗷嗷嗷嗷嗷嗷！”

“这，这真是了不起的速度溜咿……”

为了重新冷静下来，我十万火急地跟星锁前辈借了泳装，用自由式不顾一切地在水面上游过。

被我打起来的水花像鲸鱼喷水一样高高地扬起，把毕咪和星锁前辈都看呆了。

我势如破竹地来回游了好几次，最后终于回到了泳池边缘。

“呼，呼，呼……这样应该就没问题了，我……”

“虽然看起来完全不像是没问题的样子……”

看着我张口抬肩用力呼吸的样子，星锁前辈担心地把喝了一半的热带水果汁递了过来。

“把，把这个也给我的话我又会燃烧起来了！那样的话我还得再游一次啊！”

我一边像上瘾了一样不停地颤抖着，一边心怀感激地接过杯子一口气喝干了。这是我有生以来喝过的饮料里最好喝的！虽然我平常喜欢喝的，是那种一眼看上去就知道对身体没有好处，充满色素的饮料，可是这么甘甜的饮料也很好啊！

饮料已经喝完了，我还是一脸幸福的表情，叼着那根吸管完全不想松口，星锁前辈强制性地从我嘴里把吸管拔掉，又用毛巾帮我擦着头发。

“神啊，谢谢您……我以后再也不会做坏事了……再也不会擅自拿毕咪的终端，用它的绩点数给自己买饭吃了……”

“咦？你什么时候做过那种事了溜咿？”

我的心灵好像刚刚经过了洗礼，就那么原地不动等着星锁前辈给我擦头发。

这么近的距离，两个人身材的区别变得很突出，这让我有点不好意思。我也应该像个女孩子一样加油了！努力吧！具体点来说，就是等到过两年就开始努力吧！

我一边把计划推迟到不能更迟的地步，一边放松心情闭上眼睛，沉浸在当下让自己感觉非常幸福的感触之中。

“……别睡哦？”

“……啊！我，我才霉碎呢！”

“这话丝毫没有说服力溜咿……”

泳池旁边早就准备好了椅子，所以我稍微冷静一些之后，就和星锁前辈面对面地坐了下来。

虽然我也不想就此结束这段幸福时光，但是今天不行。今天我是带着其他目的来打扰星锁前辈的。

“那么，你说想要问我的是什么事情？”

星锁前辈又提起了刚才就说过一遍的问题。

兔丸的比赛结束之后，我在观众席上看到了星锁前辈。

“就是要这样才是对抗战啊……”

——我记得，那个时候前辈确实是这么说过。我就是来问前辈，这句话到底是什么意思的。

我说完之后，星锁前辈想了想，先伸手摸了摸自己的下巴：

“这样啊。被你听到了啊。”

星锁前辈的语气，就好像在说那就没办法了，她闭上眼睛叹了口气。时间在缓慢地流动。

不知道她是不是在考虑应该怎么说，总之一直是沉默不语。

“……呼。”

“星锁前辈！请你不要睡啊！”

“……当然没睡。”

虽然她反驳我的时候相当理直气壮，就好像我在说什么蠢话似的，可事实上刚才她就是睡着了啊……

“星锁外表看起来是这样，倒是意外地经常会犯迷糊呢溜咿……尤其和绘留奈凑在一起的时候，你们就是两个迷糊蛋，真是让人无从下手溜咿。”

毕咪说我和前辈一样呢！只要有这个前提，不管一样的是什么事情，我都很高兴。不过从另一方面来说，我也希望自己的女神是高高在上的，所以现在的心情还是有些复杂。

不过不管怎么说，我最喜欢她了，这一点是不会变的！

星锁前辈从椅子上站起来，伸出两只手捧起一把游泳池里的水。她看着自己的脸倒映在那捧水中，静静地开始说话了。

看起来，她就好像从那捧荡漾着的潋滟水波中，窥探着过去的某个时间。

“我的祖母是这所学校的理事长，这件事情……你是知道的吧？”

我沉默着点头，给了前辈肯定的回答。前辈放开手，捧在手里的水便流回了游泳池内，她眼睛盯着不断扩大的水波纹，继续说了下去。

这个学校当初之所以建立，就是为了让大家使用能力的时候能有那种快乐的心情。让大家不被自己的能力所压制，通过学校生活得到正面的成长——这才是这个学校建立的初衷。

即使毕业了，离开了御神乐学园回到外面，也能堂堂正正地生活，就是这样的想法……这样的期盼。

只是，这个最初的理念，已经随着时间的推移与过去的时代一起风化了。

可是我的祖母，想借着我——也就是她的孙女御神乐星锁——进入高中部的时机，再把当时的那个理念恢复起来。

当时的我对这个理念身体力行，一边享受着战斗的快乐，一边在对抗战的第一线不断取得胜利，这也是为了让大家再次想起曾经因为能力而得到快乐的记忆。

“这个人……毕咪老师也是我的专属老师，我们当时也是一起并肩战斗的。呵呵，就像你们现在一样。”

“……毕咪，是那样的啊。”

我当时作为推广这种风气的领军人物，拼命地四处活动着。

我现在已经不再画画了，但是一年级的时候是隶属于美术部，受他们关照的——九头龙同学，就是我那个时候的恩人。我一直勉强自己，总是进行超过能力范围的训练，而关心我照顾我的，一直都是他。

虽然有点自卖自夸的嫌疑，我的实力一直在显著增加，以至于我身为一年级学生，就撇开九头龙同学直接被选为了美术部的代表。

“可是……那件事就是在那个时候发生的。”

“星锁……那件事你不是不愿意回想的吗溜咿？没必要勉强自己说的溜咿。”

“……不是的。这个孩子……绘留奈的话，我还是希望她能够知道。”

在某一天的对抗战中，发生了那件事。怎么说呢，虽然大家都是部门代表，但是高年级学生如果被一年级新生打败，好像还是很难让人接受的。

在比赛的前一天晚上，为了止住我连胜的势头，为了“获得胜利”，作为我比赛对手的那名高年级学生，在黑暗之中假装意外，用能力对我发出了攻击，最终伤到了我的手腕……

那时候的伤痕……你看，看到了吗？把手腕上的蝴蝶结拿掉的话，现在也还看得到……

“好过分……竟然让女孩子身上受这种伤……”

那名高年级学生，好像也是因为要和我战斗所以才产生了过大的压力，事后也对其所作所为非常非常后悔，好几次都哭着跟我道歉，问我“我能为你做些什么”，一直在烦恼着，痛苦着。

“最后，这次的事件真相被公之于众，那场比赛也因为高年级学生违反校规，判定对方失去资格溜咿……”

然后……不知道是不是受不了自己良心的苛责，那个人也主动从御神乐学园退学了。我明明从来都不曾期望过会有那样的结果。

随意使用自己特殊能力的那分快乐，以及为了体现这样的理念，才对自己实施的高标准严要求，都让我觉得没有任何意义了。

我的存在，我的努力……不但没能得到回报，还对御神乐学园造成了不好的影响。

“怎么会，哪有那样的事！”

接下来的，就完全是个悲剧故事了。

我从美术部退部，拜托祖母让我成立了回家部。从那以后，也极力避免在对抗战中出场。

其实就连观战，我本来都是不喜欢的。只是为了向祖母汇报对抗战的现状，才偶尔会像今天这样去现场观看比赛……

*

等我回过神来，已经和毕咪一起走在回寝室的路上了。

我终于感觉到脚上的疼痛。连叫车这件事都忘记了，恍恍惚惚地就这么一直走了下来。

毕咪好像也很不高兴的样子，飘飘忽忽地沉默着飞在我的旁边。

“我说毕咪啊，在新生欢迎会上星锁前辈说过的那件事。那个啊……”

“这次你看好的就是那个孩子吗？”

——那个时候，我甚至没听懂星锁前辈这句话是对谁说的。可是，时至今日，我或多或少也算是明白了。

“我，是星锁前辈的代替品……”

“不是那样的溜咿！”

很难得的，毕咪的声音真的慌乱起来。它飞到我正前方，对着我的脸，眼睛一眨也不眨地盯着我。

“并不是你说的那样溜咿……”

入学以来，新生中好像只有我的待遇是不同的。身为讲师的毕咪一直照顾着我。因为我是笨蛋，所以从来没有想过事情为什么会是这样的。

夕阳把两个人照得都有些眩晕。阳光简直就像射灯的光芒一样强烈。我脑子里闪过了一个无关紧要的想法:这简直就像电视剧中的场景一样嘛。

“呵呵。”

“……溜咿？”

我实在忍不住，笑了出来。这种场景，根本就不适合我们两个吧？

“好了啦，没关系啊！就算是被当作顶替星锁前辈的人，我要做的事情也和之前完全没有变化不是吗？”

“绘留奈……”

“而且，御神乐学园那个已经风化了的教学理念，我也觉得相当棒啊。这么开心的学校，肯定不会再有第二所了吧？”

开心地使用能力，这种事情我从一开始就已经无意识地在照做了啊。仔细想想，根本没有任何难度嘛。

我呢，不需要什么思考，就只要按照我自己的步调继续走下去就可以了嘛。

“绘留奈，你现在简直闪闪发光溜咿！在下不知不觉间都要被你吸引了溜咿！”

“不要这样啊！我平常也是闪闪发光啊！而且我已经有了女神和小冰见这样命中注定的对象了，如果毕咪喜欢我，我就让你担当每个月给我提供绩点数的人如何？”

“太，太过分了溜咿！”

我们笑了一会儿，也没有再叫车，就这样悠闲地沿着回程的道路接着走了下去。

想要说的话，还有很多。

与昨天之前相比，不管是和星锁前辈之间的距离，还是和毕咪之间各自的立场，好像都一下子缩短了很多。

第五乐章 少女反模式（Anti-pattern）

“兔丸，这样真的可以吗？你累了的话回去睡觉也没关系哦？至于豚困战斗的英姿，我以后再用现场表演的形式完美地演给你看啦！”

“没关系的呢！豚困也说过希望我能到现场来看的不是吗？那除了来看，我也就没有其他选择了呢！而且，放学后SIX一起练习的时候也玩过演舞台剧的游戏不是吗？你那生硬的演技实在是相当糟糕呢……”

“你是想给我的演技找茬吗？那可是连赤间同学都会嫉妒得直叫‘别再演了’的稀有才能哦！”

“我觉得那根本就不是在嫉妒你，只是因为你的表演等级太低，他实在看不下去了呢……”

虽然兔丸表现得很有精神的样子，可是越接近比赛会场，他的身体就越抖得厉害，已经达到肉眼可见的程度了。

可能是昨天比赛的情景又回到了他的脑海吧。

“我已经在影像中看到了，今天的比赛全都是精华呢。或者应该说，是那种普通人难以靠近的、横纲级别的相扑呢。从期待值排行榜上来看，虽然也和大众预期的差不多，不过达到这种程度也是让人震惊呢！”

我同样也在今天参加的所有场次比赛里获得了胜利。随着比赛经验的积累增加，就连我自己也清晰地察觉到，自己的动作正在越来越简洁精炼。

“这都是托了跟兔丸和豚困一起练习的福啊！我们完全可以认为，这是每天跟期待值零的兔丸战斗所积累的经验，终于开花结果了！哟，期待值是零！”

“哦，哦哦！你这是在跟我挑衅呢！打架是青春的调味料！要打我就奉陪呢！”

什么事情都要和青春扯上关系，这是兔丸一直以来的固有风格。他这么说，倒是让我放下了心。

可是，在看到那个人之后，兔丸还能维持现在这个状态吗？从这个角度来说，带着他一起去，倒也可以亲眼看看会怎么样。

虽然也是他本人说要去的，但是……豚困真的没问题吗？

如果豚困也输得很难看的话……只是想一想这种可能性，都让我觉得害怕了。

“豚困昨天那两场比赛的录像我也都看了呢，那种雷厉风行的速战速决，不知道是不是应该说有些不像他的风格呢？比他以前的比赛快很多呢。”

我早就想到大概会是这种结果，在兔丸和相良同学的比赛中，豚困也受了不小的刺激吧。

虽然上一场比赛结束的快慢，对下一场比赛开始的时间没有什么影响，不过，我也觉得他这样做是对的。或者可以说是不得不这么做。

我手上拿着终端，按照导航的指示向会场的方向前进。今天的比赛场地不是昨天那个音乐厅，真是太好了。

不知道是不是我的错觉，总觉得好像身边的人流都在朝着同一个方向前进。明明相良同学的比赛全都是那样的，却好像还是对观众很有吸引力。

喜欢看恐怖的东西，也就是说……我想了想，像要否定那个想法一样摇了摇头。

说不定有些学生来看这样的比赛，就是为了发散压力，我怎么会产生这么不合理的猜想呢。

如果事实真的是这样，那御神乐学园不也就像姐妹学校一样了……这根本就是学校已经逐渐被负面情绪吞噬的证据。

比赛的会场，是一个好像小规模游乐场一样的区域。因为这里不像音乐厅一样适合观众观看比赛，所以被设置成使用大型屏幕投影的观战形式。

旋转木马和摩天轮，还有云霄飞车——游乐设施都在正常运行。根据战况不同，参赛者说不定也可以在战斗中利用这些设施。

“喂，兔丸，为什么你一进到会场里面脸就这么红了？身体不舒服吗？”

虽然刚才那种颤抖看起来已经停止了，但是兔丸的脸上这么红，又让人不得不在意。是发烧了吗？我担心地伸手碰了碰兔丸的额头，果然很热啊。

“不，不是这样的呢！是误会呢！我一想到自己现在是和女孩子一起来了游乐场，就突然心跳加速了呢！明明就不是来玩的，我竟然就兴奋起来了呢！很奇怪吧！”

“嗯，很奇怪。”

“还真是干脆果断呢！尖锐得非同凡响呢！就没有一点别的表达方式了吗？虽然你之前替我担心的时候，我也一样觉得不好意思呢！”

兔丸这种纯情的表现还挺可爱的。但是，其实我也没有单独和男生两个人一起约会的经验。

很可悲的，如果不把和时雨出去玩算进去的话，这种经验我至今为止一次也没有。

“怎么说呢，我们各自加油吧，兔丸……”

“好的呢……”

两个人都沉默了下来。正因为这并不是谁的错，反而更让人加倍的郁闷难解。

比赛马上就要开始。在观众云集的显示屏周围，一波小小的喧闹声正在传开。

“就是那边了呢。看起来她还是那么喜欢高的地方啊……”

我顺着兔丸视线的方向看过去，吹奏乐部的相良安昙正义着腰，站在摩天轮顶点附近的电子时间显示器上面。

她看着下面这么多观众，好像还很高兴的样子。

“还差一点，还差一点！”

“你说什么呢？是说时间吗？”

“不是啦。那个呢，还差一点好像就可以看到相良同学的内裤了。”

“你在看什么呢？啊，不过确实只差一点点的角度就……”

就在我们傻乎乎地进行这段对话的时候，观众们中间又再次起了骚动。

“咦？难道说站的位置不同，有些地方是可以看到内裤的吗？这样下去可不行，我们快点过去吧！”

“才不是呢！你看，是豚困出场了呢！”

哪里哪里？我四处一找，就发现了让人头疼的豚困。不管怎么说——

“为什么要坐着那个东西出场呢……超现实主义也该有个限度呢……”

豚困骑在一个那种游乐场里一定会有的、做成熊猫形状的代步工具上，悠然地出现了。

“这种时候，至少应该选一个猪形的吧……”

刚才的那些喧闹，肯定是由“两位主角终于都出现了”，以及“为什么是熊猫”这两种声音汇集在一起组成的吧。

相良同学现在似乎不太高兴，原因大概是豚困取代她成为了所有人目光的焦点。她咬着牙一副很不甘心的样子，看起来倒是有点滑稽。

比赛前的倒计时已经开始了。豚困从熊猫车上跳了下来，已经没有任何乘客的熊猫就自己沿着来时的道路一步一蹭地回去了。

现场有一半观众的注意力已经离开了参加比赛的两个人，他们的视线正随着熊猫不断向外围移动着——这情况算是怎么回事？

倒数还在继续，相良同学怀里抱着一把小号从摩天轮上缓缓地向地面落了下来，那大概是她用来发动能力的道具吧。

“喂，我今天的对手也是戏剧部跑龙套的吗？而且兔子之后竟然是猪啊！能不能帮我烤一只完整的啊？不过可能会因为太难吃而吐出来，对吧？呀哈哈！”

她用很高的音调说着挑衅的话语，伸出舌头舔着嘴唇。听了她的声音，兔丸好像又开始颤抖了。

“没事的。豚困会帮你扳回一城的，对吧。”

我为了让兔丸鼓起勇气，握住他的手这样说道。

他一开始好像还有些不明所以的样子，不过那种颤抖却渐渐停住了，最后他也用力反手握住了我的手。

宣告比赛开始的信号声响了起来，接着就可以看到，结界正在游乐场和外部区域之间形成的样子。

昨天的那个音乐厅好像属于比较特殊的场地，所以并没有设置结界，观众席上的声音也可以直接传到比赛场之内。而今天的这个场地，不管观众再怎么大声加油，声音恐怕也传不到结界之中了吧。

不过，结界之内的声音却可以通过显示屏传出来。我看向显示屏上的画面，正好看到豚困摘下口罩的动作。

“确实，我在戏剧部只是跑龙套里的跑龙套。可是，只属于跑龙套的战斗方式，也是存在的。”

豚困用比平时更强有力的声音这样说着，把口罩扔向了半空。这个动作就像一个行动开始的信号，两个人的战斗节奏一下子加快了。

这边才看到相良同学跳了一下，那边她的身影已经站在了旋转木马的顶棚之上，她紧接着就举起了手中那把小号。

“现在的猪都不噗噗叫，而是学会了模仿人类说话吗？真是又上了一课呢。我一下子就会让你变成肉末哦？来吧！‘Malt·Accent’！”

就像和兔丸的那一场战斗一样，大音量的音乐声随之响了起来。音乐声中并不仅仅只有小号的音色，而是多重奏的古典音乐旋律。

就在音乐开始响起的那个刹那，豚困放低重心开始奔跑，他一边利用各种东西造成的视觉死角，一边拉近双方的距离。

“原来如此呢！一次的过重力负荷攻击可能并没有太大的攻击面积呢！如果用这种方式，一边让对方不能轻松瞄准，一边接近的话……”

兔丸的话还没有说完，豚困的脚步就停了下来，接着就把两只手都撑在了地面之上。

“猪先生浅薄的智慧就到此为止了吧？我说哦，如果你那个办法有效的话，我也就只能止步于一个三流的演奏者而已吧。作为一个自称为超一流演奏者的人来说，那种弱点我肯定早在一开始就已经让它消失了吧？对吧——！”

相良同学一边嘎嘎地笑着，一边不怀好意地说道。兔丸握紧的手上，又开始传来了小幅度的抖动。

豚困那边，则是完全看不出是否已经发动了能力，只是坚持着与过重力抗衡。

“豚困……”

即使知道他听不见，担心的话语却不禁脱口而出。摘掉了口罩的豚困，不再是那个感情淡漠的人，而是一个和别人一样会把痛苦表现在脸上的少年。

“我说哦，因为我是一个温柔的人，只要你哭着说‘饶了我吧噗’，我就饶了你哦。现在这个姿势很丢脸吧？你已经很想回猪圈去了吧？啊，对了，所谓的饶了你，指的就是马上破坏你的水晶，结束这场比赛的意思哦。”

仅仅是来自于重力的攻击还不能让她满足，沉重而又恶毒的语言攻击也狂风骤雨般毫无止歇。加之她又是一个外表可爱的女孩子，这种反差也带来了加乘效果。

“少自吹自擂了，能打的话就来打好了。还是说，你害怕我这个像猪一样、身体动都不能动的人，所以不敢靠近吗？”

豚困双手还撑在地上，却让人意外地开口挑拨起对方来。我一直以为他是一个在这种情况下会什么也不说，静静地等待时机的人呢。

“猪啊！竟然敢对人类出言不逊！”

相良同学很容易就被激怒了，她从旋转木马顶棚上滑翔一般飞下来，朝着豚困的水晶直线飞去。

“要被打中了呢！”

兔丸好像不敢看下去了一样，准备低头避开眼前即将出现的情景。

“不可以这样啊，兔丸！豚困正在努力，你要看着他啊！一定不能移开你的视线。”

听了我的话，兔丸点头说道：“说得对呢……这种时候我是不能逃避的呢……”于是重新抬起头看向了大屏幕。

“第一头！”

随着相良同学的喊声，一颗水晶在强力的飞踢之下碎裂崩飞。

“第二头！看吧看吧，所有的猪都死光了哦？啊哈哈！”

第二颗水晶也闪着亮晶晶的光芒被打得四散崩飞了，已经没有退路了。

“最后，第三……头？”

“——抓到你了哦，三流演奏者小姐。”

豚困好像把全副精力都投入到这个简单的动作中去了，他撑在地面上的两只手同时抬起，抓住了相良同学的双腿。加在豚困手臂上的过重力也让相良同学的双脚瞬间变重，这也让她无法甩开豚困的手。

相良同学慌张起来，忙乱之中大概觉得既然这样不如用手去打破水晶吧，然而伸出手去却已经够不到最后一颗水晶了。

“呵……哼，就算这样又能怎么样呢？猪先生两只手都占用着，而且因为重力的作用，脚也不能做出什么动作了。也就是说，你根本没有办法能破坏我的水晶了。死棋啦，死棋。这不就是只能等到比赛时间结束了吗？”

看起来相良同学好像准备就这样拖到比赛结束了。

“你是说，等到时间结束吗？大概，那个瞬间会比你想象中更早到来呢。你看，马上就要到了哦。”

“你在说什么梦话呢？比赛时间还有很多呢。动物连时钟也不会看吗？真是笨啊。”

就在这个瞬间，一直在回荡着的音乐声突然戛然而止。时间就像停滞了一样，只有相良同学的脸色，以肉眼可见的速度迅速失去了血色。

过重力效果好像也随着音乐的停止而消失了，豚困松开了相良同学的双腿，慢慢站了起来。

“可以看到终止符了啊。看起来整个乐谱上面的内容都已

经演奏完了。”

啪啪，豚困很响亮地拍了拍手，他是在拍掉撑着地面时沾到的灰土吗？还是说，是为了精彩的演奏献上赞扬的掌声呢。

相良同学想往后退，脚下一绊，直接一屁股坐倒在了地上。

“难道说，你是在等这一刻……”

直到刚才为止，相良同学还是一副相当有威势的态度，结果一下子就已经变成了一个柔弱的女子。像相良同学这样有实力的人，恐怕已经能预见这场比赛接下来会怎么发展了吧。

“昨天兔丸——也就是你嘴里说的那个戏剧部的龙套A，我就是在看你们比赛的时候发现了这一点。你的能力效果，是无法永远维持下去的。一段时间的演奏结束之后，就必须要划下休止符。而且，下一次发动能力之前，也会有一段不能使用能力的空当对吧？”

豚困冷静地组织着自己的语言，揭露了相良同学能力的真相。他一边说着，一边从自己的口袋里拿出一个看起来好像是戏剧部小道具一样的锤子，然后才对因为不甘心而把嘴撅得能挂油瓶的相良同学接着说道：

“和兔丸比赛的时候，在演奏停止的那段时间里，你是在音乐厅天花板上挂着的那盏照明灯上站着，把能力已经消失的情况隐瞒了过去。因为能力已经停止了，当然也就不能在天空中飞行了，那么做确实是比较安全的。不过这可真是相当消极的安全策略呢。难道说……你其实很害怕兔丸吗？”

“闭嘴！你这只猪！”

不知道是不是无法忍受这种侮辱，相良同学突然跳起来对着豚困就打出了一拳。这一拳甚至不是攻击豚困的水晶，而是瞄准了豚困的脸。

然而，她挥出的拳头却连豚困的边都没擦到。

她毫不犹豫挥出的这一拳，绝对不是那种水平不高的攻击。相良同学并不是一个只靠能力战斗的人，她的身体基础也很好。可是——

“没打中呢，看来你要被跑龙套的打败了。”

豚困在相良同学的耳边低声说着，轻轻地挥了一下刚才拿出来的那把小锤子。那把锤子挥出的方向，既不是相良同学本人，也不是围绕在她身边的那些水晶。

“不用那么害怕地躲开也没关系的。这个锤子只是我发动能力的小装饰品而已……‘Adlib·Role’！”

这还是我第一次亲眼看到豚困使用自己的能力。兔丸也吞了一口口水，目不转睛地专注着战斗的进展。

就在豚困喊出能力名的瞬间，他的双手突然被熊熊火焰包围。从指尖到手肘都在激烈地燃烧，火焰狂乱翻卷着上下飞舞。

“所谓的跑龙套呢，永远不知道会有什么任务会突然被委派到自己头上，所以没有即兴（Adlib）表演的能力是没办法胜任的哦。在舞台之后的阴影中奔走忙碌，像火焰一般的即兴演员，就是这样的了。”

“呀，呀啊……”

豚困的语调明明没有任何变化，但是整个人却散发出一种压迫感，让相良同学吓得呆在了原地。

但是与此同时，她也在偷偷地注意着时间，可能还在计算着再次发动能力的时机吧。

“被猪烧掉的感觉怎么样呢？不过你完全不需要害怕。我和你不一样，不会做出伤害到别人的行为。下面，就让我来划上休止符吧。”

火焰更炽烈了，从豚困双手延伸出来的火柱就像双刀一样。

“赶上了！‘Malt Accent’！”

就在相良同学举起小号，喊出这句话的时候——

“你连跑龙套的都当不上呢。”

嘭——火焰燃烧的声音响起，相良同学的水晶一瞬间就全被烧光了。不知道是不是因为火星飞溅的缘故，她身上校服的一部分也被烤焦了。

“我竟然……在这种地方就输了？骗人的吧？”

相良同学手中的小号掉在地上，双膝着地跪了下来。

火本身并不会飞。那是豚困本身的速度，提升到了如此可怕的程度吗？

这么快的速度……除了赤间同学和星锁前辈，我再没见过有这么快的了。

“赢了……呜哇啊啊！豚困赢了呢！”

设置在游乐场和外部区域之间的结界消失了，欢呼声瞬间充满了整个空间。肯定也已经传进了豚困的耳中。

“咦？豚困好像又从口袋里拿出了什么东西……戴在头上了哦？”

我仔细盯着显示屏一看，原来他拿出来的是：

“哈哈，是兔耳呢！是兔耳形状的装饰品呢！这也太热情了呢！我都要哭了呢！”

兔丸一边看着显示屏，一边大喊大叫的。与其说是要哭了，倒不如说眼泪已经大滴大滴地往下掉了。

豚困背对着拍摄中的摄影机，显示器上只能看到他的背影，也看到他伸手比了个小小的胜利的手势。

他平时并不是会做这种事情的性格，所以我们心里很清楚，他是在对谁做这个手势。

“呜呜，好青春呢……这是青春的顶点呢！”

兔丸也对着显示器比了个胜利的手势。不知道从什么时候开始，赤间同学，喵美琳前辈，还有熊野小姐前辈都已经站在了我们身后，守护着我们。

只有熊野小姐前辈，好像在极力掩饰已经被感动得哭出来的事实，用两只手挡在了自己的脸上。

“哎呀，真是让人期待啊，小一宫。”

赤间同学不自然地笑着对我说。

你是在期待什么啊？正在我想这么问的时候，赤间同学接着说道：

“你还没发现吗？如果明天你们还能顺利赢下去的话，小一宫和豚困就要对战了呢。不过，我当然是要支持我们戏剧部成员豚困咯。”

他这么说着，好像真的打从心底里高兴似的。

嗯……嗯？

我还没能理解这句话是怎么一回事。

所以就暂时放松心态盯着赤间同学的脸看了一会儿。

“咦?!”

就在我的脑子终于正常运转，终于反应过来赤间同学说的是什么意思的那个瞬间，我大声地叫了起来。

我的叫声和兔丸以及熊野小姐前辈的哭声混合在一起，简直是一片混乱。

*

“一宫绘留奈被可爱的女孩子团团包围每天都飘飘然部！”

我这句话一说出口，就感觉到本来喧闹的气氛，一下子就冷了下来。

我是感觉到今天摄入的小冰见成分不足，所以下午就来到了书道部的活动室。

就像那种能补充每天必须摄入的蔬菜成分的果汁一样，我希望也有人能早日研制出可以每天一次性补充小冰见成分的产品。真不知道政府都在搞些什么，真是的！

我和活动室里的小花袋也说了几句话，大家喝着茶，稍微有点女孩子聚会的感觉了。

“呃，那个……我刚才想问一宫同学的，是你想要建立一个什么样的部门的……”

“一宫绘留奈被可爱的女孩子团团包围每天都飘飘然部！”

面对带着困惑提出问题的小花袋，我把同样的话又重复了一次。虽然我也觉得这个部门名称有点太长了，不过这可是毫无浪费完全浓缩了我所有欲望的了不起的一个部门名称，对此我还是很自负的。

“简称就是，‘包围绘留奈部然’了吧！”

小冰见很感兴趣地跟着提出了一个建议。嗯，建议的最后还很完美又很诡异地把“部”和“然”在原句里的顺序都调换了……听起来就很糟糕吧？这根本就是要批评我吧？（**注：冰见省略出来的这个简称的句尾，日文原文发音同“母猪”。**）

不过即使如此，因为小冰见很可爱，所以我还是原谅她了。毕竟大部分的罪恶都可以因为可爱而被赦免的。

“可爱的女孩本身就是文明的一部分哦，小花袋！如果这个部门无法得到认可的话，我要连续三天三夜对学校方面抗议！如果还没成效的话，第四天估计就会因为太累而放弃！”

“是，是那样的吗……”

对于我的高谈阔论，小花袋完全表现出了不感兴趣的态度。真是的，我对现在这些完全不了解睡袋生活的娇生惯养的孩子完全没办法！

“那么，男生也可以加入你那个‘包围绘留奈部然’吗？”

小冰见继续天真烂漫地讽刺我。不过还是无罪释放，勉勉强强还是无罪。

小冰见这么可爱真是太好了呢！如果不是的话，现在已经能列入刑事案件了哦！

“唔嗯，如果是像天文部的射水明日同学那样，女性气质很强烈的男孩子的话，我也还是会很欢迎的！”

“像他那样的学生，除了他自己之外就再也没有了吧……”

大概是在自己的脑子里把认识的人物都排查了一遍，小花袋略微抬头看着上方，很忧愁地接道。

确实，如果有很多那样的男孩子的话，女孩子们未免也太可怜了。

即使女孩子们和明日同学做同样的举动，也还是会给人一种太有心计、过犹不及的感觉……也只有明日同学才会让人有这种印象吧？他是特别的存在呢。

“可是啊可是啊，御神乐学园里，确实也有很多完全搞不懂为什么能得到许可的部门呢。小绘留奈的部门不知道能不能得到批准呢？”

小冰见很朴素地念叨着自己的疑问。

我在很多部门里做过体验，确实有一些部门只看部门名称的话，根本不知道到底是要做什么活动的。

而且还不止这样，甚至有一些部门即使说明了是怎样的活动内容，也还是让人完全无法理解。

这么一想，我认为我的“一宫绘留奈被可爱的女孩子团团包围每天都飘飘然部”应该也可以得到许可的吧？

我怎么感觉我的部门活动的名称，好像那种会被轻小说拿去做标题的句子了？

“部门的活动费用要用来做什么呢？”

“就用来给部门里所有的女孩子们买可爱的装饰品，打扮她们！”

“如果想要加入小绘留奈的部门的话，入部申请要怎么提交呢？”

“亲吻我的嘴唇，宣誓永远的爱！”

小花袋和小冰见各自提出了自己感兴趣的问题，然后，这两个人就都是一副“这可不行”的表情。

到底是哪里不行呢？不实际尝试一下谁也不知道这样行不行吧！

我这个人就是连这种地方都能发挥自己积极向上的正能量的生物啊！

“可是啊，小绘留奈。创建一个自己喜欢的部门，是不能完全按照自己的想法来的哦。这个地方不考虑清楚的话，我觉得是不会有人愿意加入的啦！”

娇小的小冰见用那种跟小孩子说话一样的温柔口气，对我提着意见。小花袋好像也同意她的说法，拼命地点着头。

“这样啊……说得也是呢……”

让人完全无法反驳的真知灼见，在我的脑海中回荡，在我的五脏六腑中渗透……抱歉，五脏六腑这个说法是有点夸张了，我只是想要试试说这句话而已。

关于部门活动的具体内容，我还是需要再仔细想想。

这是发生在我把小冰见成分完全补充好的下午的事情。

为了明天的比赛，我已经做好了所有的准备。

第六乐章 光芒是不会被火焰燃尽的

“对了，豚困。你口袋里面的那个小锤子，能不能稍微借给我一下？我的床有点坏掉了，我想重新钉一下。”

“你说的床，难道是指你的那个睡袋吗？在睡袋上钉上钉子，那里面睡的人不就要全身流血了吗？而且，这个小锤子是我发动能力的时候必须的道具，所以不能借给你。”

——马上就要直接对决了，两个人相处的时候却还是像平常一样，完全没有一点紧张感。

我也好豚困也好，都很顺利地赢了上午的比赛，两个人都将要参加今天的最后一场比赛了。

整个淘汰赛的进程也已经完成了不少，如果这场比赛也赢了的话，就将要进入八强，所以这场比赛是至关重要的。

要说的话，能打到目前的这个阶段也可以说是理所当然的，但我的内心非常复杂。而且对战场地竟然偏偏还是可以称得上是戏剧部的大本营的体育馆。不只是表演戏剧的舞台，就连二楼和三楼都全部变成了战斗的场地。

让人难以理解的是，包括豚困在内的戏剧部成员们，现在全都莫名其妙地坐在给我准备的休息室里。我们马上就要战斗了不是吗？

“豚困的能力，我和喵美琳之前就已经知道了。那个可是很厉害的哦。当然，他的速度还是比不上我。”

赤间同学一边呵呵地奸笑着，一边说着煽动我的话。喵美琳前辈则在他身边用诡异的断句唱了起来：

“游兔很快呢♪游兔可是非常快的呢♪每次都是一下子呢♪”

“喵美琳，你这种说法会造成奇怪的误解的，我不是说过好几次让你别再这么说了吗？”

“咦？人家明明是在夸你喵……”

讨厌讨厌——她晃晃悠悠地扭动着，那对高耸的胸部也忽忽悠悠地摇个不停，还真是厉害……

赤间同学被她扭得不好意思躲开了一点，结果她马上就叫着：“为什么要跑开啦？”然后紧跟着追了过去。

“这里已经完全变成戏剧部的活动室了！根本就是练习那段时间每天都会看到的场景嘛……被支配了，本来应该属于我个人领土的休息室，已经完全被戏剧部给支配了！”

毕咪要担任这场比赛的裁判，现在已经去了体育馆里面。虽然说比起一个人留在休息室里，绝对是人多一点比较好，不过——

“喂，我们不吃点零食吗？这是‘蘑菇山林’呢！我已经吃得肚子饱饱的了呢！”

“所以说啊，兔丸，你的紧张感呢！而且我又不吃蘑菇，我是‘竹笋村落’派的！我们是敌人！”（**注：蘑菇山林和竹笋村**

落都是日本著名的零食，在日本时常会有人争论哪个更好吃。）

“你们都不要的话熊野小姐就要吃掉的啦！最喜欢巧克力的啦！”

“熊野小姐前辈，喜欢巧克力啊……好可爱……”

“才，才不可爱的啦……我还是不吃了！巧克力什么的只有女人小孩才吃的啦！熊除了生肉什么也不吃的啦！”

兔丸也好熊野小姐前辈也好，到这里之后简直比平时还要放松，太放松了。

啊，原来是这样啊，难道说……

我环顾着大家的脸，这么想着。

难道说，戏剧部的主要成员们是为了缓解我们的紧张，为了让我们带着轻松的心情去比赛，才特意一起到这里来的吗？

这么一想，心里就充满了感激之情，就像是被某种温暖的东西填满了的感觉。

“各位，你们看啊！外面有料理部的同学们在免费派发猪肉汤呢！快去！”

喵美琳一声令下，除了我、豚困还有赤间同学之外的所有人全都争先恐后地一起跑了出去。

“啊，是我误会了……大家根本不是为了消除我们的紧张感才来的，只是为了大家一起打发无聊的时间所以才跑来玩的而已……”

那些本来充满了我心底的温暖的东西，迅速地冷却下来，可以说是“速冻”。豚困好像也因为听到“猪肉汤”这个名词，心情迅速低落下来，有些难过地陷入了沉默之中。

偏偏是在豚困重要的比赛之前提这个，他的心情我倒是可以理解呢……

完全没被猪肉汤吸引还留在休息室里的赤间同学，先是想到什么般，“啊”地叫了一声。平时的话，他一定会先做出一个笑脸的，这一次却维持着原本的表情，直接开口说道：

“小一宫。我昨天可能也已经说过了，我是要给我们戏剧部成员的豚困加油的哦。”

“我知道啊。话说你到底要说几遍才够啊！我已经很受打击的了！”

虽然按照一般道理，他会这么做也是可以理解的，但是像这样明确说出来，我还是会受伤的。

“不过呢……”

赤间同学的话好像还没有说完的样子，他把终端举起来，让我和豚困都可以看到显示屏上的内容。

“你们两个都是我重要的弟子，所以我也希望你们两个都能获得胜利哦？”

他用一种很感慨的声音，温柔地接着说道。

终端上显示的，是他给我和豚困都投了很多期待票的数据。

“赤间同学……”

“赤间代表……”

我和豚困都被赤间同学这难得的感性感动了，然后两个人都同时意识到了某个问题——

“好像完全没看到你给同样身为戏剧部成员的兔丸投票的记录啊，这是怎么回事……”

听我这么一问，赤间同学先是愣了一下，然后马上慌慌张张地把终端收起来，强制性地换了一个话题。

“哈哈，马上就到比赛开始的时间了呢！好了好了，快去吧，我也去拿一份猪肉汤就回来！你们两个都要全力以赴，不要留下遗憾哦！”

他连珠炮似的、毫无语气起伏地说完这一串话，在我们说话之前就像一阵旋风一样，飞快地跑出了休息室。

“……”

“……”

我和豚困什么也没说地交换了一个眼神，然后都抱着肚子笑倒在地。就连平常基本上从来都不怎么笑的豚困，这个时候都忍不住露出了笑容。

再过一会儿我们就是场上的对手了，这还真是不可思议呢。

不过即使如此，和平的时间到底还是有限的。

终端响了起来，通知我们比赛的时间马上就要到了。

“我不会输的哦，豚困。我有必须要获得这次胜利的理由。”

“我也没有要输的意思呢。为了戏剧部，同时也是为了我自己。”

在没有人气的体育馆里，地面相当冰冷，就连空气好像也给人一种比平时还更要清冽的错觉。连平常作为观众席使用的二楼和三楼都包括在这次的比赛区域内，没有任何一个观众可以进入体育馆的内部。

在体育馆里面的，只有我和作为对手站在我面前的豚困，以及作为裁判的毕咪三个而已。

一般来说，裁判是为了阻止危险行为及违规行为，才必须待在现场，他们大多数会选择一个学生们看不到的地方待机。但实际上，在其他场次的比赛里，我基本没有意识到裁判的存在。只不过，毕咪和我们两个已经相当熟悉了，所以才像今天这样直接大喇喇地出现在了场地的中央。

我找到了设置在身边不远处的摄像机，啪的一声把收在校服里面的标语牌拿出来打开：

"'一宫绘留奈被可爱的女孩子团团包围每天都飘飘然部'！新成立的部门正在召集想要入部的成员哟！美少女有优待，马上就能当上干部！是萝莉的话，每天都可以免费领取点心！如果有感兴趣的人，请找一年级的一宫绘留奈报名！"

"绘留奈！在下希望你马上把那个标语牌收起来溜咿！虽然在下也说过比赛是很好的宣传场所，但是不是这个意思溜咿！而且你这个宣传文案的内容未免也过于奇怪了溜咿！"

毕咪飞身挡在了摄像机和标语牌之间，挡住标语牌，不让摄影机拍到上面的内容。

“为什么啊？我自己的字写得太难看，所以还特意拜托小花袋用很可爱的字体来帮我写呢！”

“文章的内容这样写就可以了吗？真的可以吗？”

——当时的小花袋似乎非常困惑，一次又一次地跟我确认文章的内容，最后才写下了这个标语牌。

没用电脑打印，而是坚持手写这一点，是我希望可以得到一些好评的部分。因为我想要表现出有人情味的感觉。毕竟这里面包含着我的心意。

“在下觉得你在坚持手写之前，应该对内容再多上点心溜咿……还有，在招募成员的时候说什么人情味的，只能让人觉得不舒服而已溜咿。”

简直是被批评得一文不值呢。

哼！我一边表达着自己的不满，一边没办法地把标语牌又收了起来。

“拿出来、收起来都很方便呢……”

豚困在一旁嘀咕道，他关心的地方还真是奇怪。

“标语牌用于部门宣传是很方便的哦！现在买还有优惠，用豚困的小锤子就可以交换哦！”

“请允许我谨慎地拒绝。”

和吹奏乐部的相良同学比赛的时候，豚困打到一半才从口袋里拿出来的那把小锤子，现在已经被他拿在了手上，是随时都可以使用的状态。

是因为“锤子是道具”这一点已经暴露，所以没有隐藏的必要了吗?

我现在的心情，一半因为豚困看起来会用尽全力认真地比赛而觉得高兴，一半又觉得不能被他影响，一开始还是应该先看清楚情况再出手。

这时，终端里传来还有十秒钟比赛就要开始的提示音。

哭也好笑也好，结果都是无法改变的。这是淘汰赛。比赛和练习不一样，可不会给你机会再来一次。

对手是我几乎每天都会见到的豚困，但是他现在给人的压迫感却完全不同。

“如果我赢了，请让我在这么多人的见证之下，在那个场合大声地喊出我自己的真名。为了让大家都知道我的名字，请让我宣传我自己。”

“即使没赢，你现在不也可以说吗?谁也没有阻止你啊！”

“不，我想要用这种重要的事情作为赌注，跟自己赌一场。如果不这样做，我很担心自己也许会在不知不觉间偷偷手下留情也说不定。”

咦?你就那么想说出自己的本名吗?我感觉到，在豚困这种执着带来的冲击下，自己就像是被很婉转地挑衅了一样，战斗意愿也变得高涨起来。

我嘎巴嘎巴地扭着手腕，等着倒数结束。豚困也早早扔掉了口罩，进入认真战斗的状态。

我们已经不需要再说什么了。

剩下的，就只有战斗。

就在我看到毕咪退开的那个瞬间，宣告战斗开始的提示音也响了起来。

与此同时，即便现场没有观众，战场区域内还是架起了结界，整个体育馆内起了一层薄雾。

结界内也吹起了一股直到刚才还不存在的风。我感觉自己的头发都被风吹乱了，但还是聚精会神地盯着豚困拿着小锤子的那只手，准备直接给他迎头一击。

“——要在他发动能力之前抓住他！”

除了第一场比赛和小花袋战斗的时候之外，我全都是连“玩具枪”都没发动就胜利了。当然并不是因为我觉得不舍得用或者其他类似的原因，而是因为我变得即使不使用能力也能简单获胜了。

我能感觉到自己的运动能力每天都在精进，甚至可能已经不输给赤间同学了。就连之前碰都碰不到的星锁前辈，如果现在再打一场，我感觉也应该能够追得上。

也就是说，我现在比起原来每天都和豚困交手的时候，已经进步了不是一点半点了！

“我就知道会这样！”

豚困握着小锤子的那只惯用手和半边身体都侧向一旁，以毫厘之差避过了这一击。

“躲开了？之前那个能力明明还没发动，竟然也能躲开？”

我不管他有没有避开，借着惯性紧接着就瞄准水晶发起了攻击。

我完全没打算拉开双方的距离。不断地逼近逼近再逼近，根本不给对方考虑的余地，想要一举决定胜负。

我飞起的一脚被豚困用另一只手轻松地挡住，接着一个大大的侧空翻之后向后退去。

有那么一瞬间，我注意到豚困的视线从我的身上移开了——就是现在！

终端的指示灯激烈地闪动着，上面显示出宣告能力发动的文字。

——“能力:玩具枪”。

寄宿在我指尖那股像要喷发般的强大热量，瞄准着豚困开火了！

“一开场便是Tension MAX！去吧——！”

现在已经完全不会发生无法发射的情况了，我的能力已经极具稳定性。我双脚踩实地面发出的这一击，定能将被瞄准的猎物一线贯穿！

“什——！”

豚困听到我的声音连忙转回头来。可是，侧空翻到一半的情况下却无法做出回避的动作。啪锵！豚困的第一颗水晶随着刺耳的声音碎裂了——还剩下两颗！

出其不意打破第一颗水晶的计划已经成功了，但是因为有后坐力，发出一发“玩具枪”之后，想要马上去追击对方也是很困难的。

“糟糕，提速了？”

我好不容易急急忙忙追上去的时候，已经迟了。豚困拼命地把手里的小锤子对着天空挥舞起来。

豚困终端的指示灯也开始剧烈地闪烁。赶不上了！

“怎么样，变热了吗？‘Adlib Role’！”

就在他用冷酷的声音说出这个名字的同时，我们之间明明还有一段距离，我却感到一股压倒性的热风，瞬间席卷了我的身周。

“好热！”

过高的热度，让我一瞬间闭上了眼睛。虽然马上就又睁开了，可是这个时候豚困的双手已经被赤红色的火焰所包围了。

糟糕——我的直觉这样告诉我，全身都感觉到一股恶寒。

就在我准备停下追击的脚步转身换位的时候，那个东西已经来到了我的面前。

“——虽然非常遗憾，不过到此结束了。”

豚困微笑着，两只手一前一后横扫过来。

热风让我连声音都听不到了，可是，还是微微有一种水晶被打破的触感。

“被打碎了几颗？只有一颗对吧？”

我远离那片火焰，确认了一下自己的水晶是否安全。并不是只被破坏了一颗，而是只剩下了一颗。

一瞬间……只是那样的一次攻击，就一并带走了我两颗水晶吗?

我摆出保护最后一颗水晶的架势。为了随时能发射“玩具枪”，以便多少能牵制一下豚困的行动，我一直举着手瞄准豚困的方向，同时拉开双方的距离。

看起来他并不打算勉强继续追击。豚困先是仔细确认了一下被打破的水晶，然后才转过身来。

“果然，不让你那个能力发动才是对的！”

因为身后已经没有空间，接下来只能向上方迂回。我跳到二楼，然后是三楼，豚困为了掌握我的位置一直盯着我不放，而我也和豚困视线胶着。

距离已经拉开了这么多，说不定……

我试图打个出其不意，所以决定不说话，直接攻击。

拜托了，去吧——!

光之子弹留下巨大的冲击力，这一次是画出弧线般的轨迹，飞速朝豚困的水晶飞去。

我的子弹只要发射出去，就几乎没有发生过没击中的情况。可是，却不能因此就无限度地一直不停射击。

一天里我只能发射四次——这是我目前为止的极限。如果超过这个数量，就真的是再也没有“之后”了。

豚困看到了那发子弹，却留在原地连一动都没有动，甚至都没有举起那双被火焰包裹的手臂，只是站在那里。

这一发，能打中?

如果我能再破坏豚困的一颗水晶的话，双方就又回到势均力敌的状态了。而我大概还能发射两发。

我觉得自己心脏跳动的声音，好像听起来特别的大，整个世界看起来好像都变成了慢动作。

然而，豚困轻轻地吐出一口气——

“这可真是讽刺啊。比起发动能力的本人来，子弹的速度反而还更慢一些呢。所以才会这样吧——全部都看得一清二楚，简直是清楚得过头了！”

豚困一边这样说，一边在子弹即将射中的瞬间抬起右臂轻轻挥了一下。简直就像是在挥开一只有些烦人的苍蝇一样。

“骗人的吧？竟然这么干脆就挥开了……”

——那颗光之子弹，与其说是被挥开的，倒不如说是在火焰的灼烧之下瞬间就灰飞烟灭了。

“就算这场比赛是我赢了，也一样是我们放学后SIX的同伴进入下一阶段的比赛，这一点是没区别的。所以，希望下一场比赛的时候你还是可以在观众席上给我加油。”

豚困的语气中好像有种歉意，带着一股相当伤心的感觉。

“我不是说过了吗？我有必须要打赢这些比赛的理由啊！”

我俯视着他，下定了决心。

我呢，也并不是一个只在一棵树上吊死的傻瓜，从开始到现在，我练习过的能力可不是只有一个“玩具枪”而已。

我希望你不要认为，只有你自己懂得留一张王牌哦！

我早就知道，除了在戏剧部的练习之外，豚困也一直在独自一人刻苦练习。不过，这一点上我也是一样的！

这一次我不是伸出一只手指，而是一起伸出了并在一起的两只手指指向天空。我脑海中想象的也不再是把能量集中在指尖，而是把能量装填进了整个手心之中。

“这个能力还是第一次在别人面前展示呢。其实我本来还希望能把这一招保留到和明日同学战斗的时候再用……豚困，抱歉啦！”

我的终端再次激烈地闪烁起来，上面显示着能力发动的说明文字。

这次的文字和以前的都不一样。

——“能力:玩具枪剑”。

“Tension MAX！ Full power！ 咆哮吧——！”

在我大叫的同时，左手出现了一把光芒组成的枪剑。我第二、第三次不断挥舞这把剑，每次周围都会飞散出很多美丽的光粒子。

“……真不甘心，完全看走眼了。不过这样高水平的你，才配让我赌上公布本名的机会。”

“所以不是说了吗，你不要自己把难度设定得那么高不就好了吗？”

我一边说，一边从三层跳下来朝着豚困所在的方向疾驰而去。对方也不是站在原地单纯等待，而是像我一样举起燃烧着的双臂迎头冲了过来。

加速对加速。

咔锵！随着双方的接触，激烈的声音响起，一个照面两人便擦肩而过了。

豚困的一颗水晶在对撞后开裂，掉落在地面上，而我的水晶则完好无损。我呼地吐出一口气，两个人转身再次面对面。

刚才双方距离那么近，我却完全没有感受到火焰的热度，简直就像是这把光之枪剑在保护我一样。

“接下来，你的速度还会变得更快吗？不过，我这边可是两只手的双刀哦。这就等于我的攻击是加倍的哦，请你不要觉得我在欺负你哦。”

“没关系啊。我现在完全不觉得自己有战败的可能呢。我全身上下流淌的血液，都和之前完全不一样了呢！”

简直就像是在身体的内侧，点亮了一丛与之前完全不一样的火焰。我记得这种感觉，就和第一次学会使用“玩具枪”的时候是一样的。

一个少女的身姿浮现在我脑海里，然后又马上消失了。那是一个仿佛在祈祷着什么的少女，我好像曾经在哪里见到过的……

可是，现在没有时间给我慢慢去回忆这件事。

已经不再需要任何小动作。不知道豚困是不是也和我的想法一样，我们堂堂正正地走向对方，两个人都摆好了架势。

我对豚困架起正眼之势，豚困也架起了双刀。**(注："正眼"为日本剑道中，用刀尖对准对方眼睛的架势。)**

"差不多该有个结果了吧。就让我来证明一下吧，火焰是可以把光芒燃烧殆尽的。"

"哟，豚困，你怎么突然好像得了中二病一样？"

我这句话才刚说完，两个人就正面冲突了。

光和火的剑击，本身就像是艺术品一样，双方互相攻击招架的速度非常快，即使是稍早之前的我自己，恐怕都无法看清这种高速的动作。

就连体育馆内漂浮的雾都被劈碎，剑光划过的轨迹，让空气都变得淡薄清晰起来。

不只是枪剑，踢腿的招式也掺杂其中。手上拿着这把光剑之后，即使腿上接触到豚困的火焰，也完全没有什么感觉了。

只要注意别让对方破坏自己的水晶就可以了。

在我发现这一点之后，形势开始朝着对我有利的方向倾斜。

"这是怎么回事？我现在好开心啊！"

"战斗的过程中，速度还在提升……这是还在成长吗？"

豚困的额头上开始渗出了汗珠。

看起来对手已经开始疲劳了！

继续这样下去的话，胜利恐怕已经只是时间的问题了。

可是，难得有这个机会，我还是想要再炫耀一下。

另外一张王牌！

“豚困，这可不只是一把光之剑哦，是‘枪剑’哦？也就是说——！”

“唔！难道——！”

瞬间，没有任何先兆，从剑尖上爆发出光之子弹。豚困还想用双手的火焰去挡，却没来得及。

——他的最后一颗水晶也发出了破碎的声音。

“这就是我的另一张王牌！嘿嘿，吓了你一跳吧！”

随着比赛的结束，大雾也消散了，结界之外的观众们发出震天响的叫嚷声和欢呼声，同样也传到了体育馆里面。

正在我觉得这个机会很好，准备再从校服里把那张标语牌拿出来的时候，却被毕咪阻止了。

“别拦着我毕咪！在学校里收视率最高的恐怕就是这个瞬间了！我只有这个机会了！”

“越是会有很多学生看到，越是不能让你把那个东西拿出来溜咿！好不容易能让大家看到你帅气的一面，拿出来就全完了溜咿！”

是那样的吗？那我就忍耐一下吧……我不情不愿地把标语牌放回去的时候，豚困一副神清气爽的样子过来找我握手。

那是一副已经努力过了的表情。我也把自己隐藏起来的王牌像是“出血大甩卖”一般都丢出来了，这时候也和他是差不多的心境。

“真是被你打败了……恭喜你。战斗中我也说过，我是真的觉得，不管我们是谁打赢，都是放学后SIX的成员继续前进到下一场比赛。所以虽然这次是我输了，但下场比赛我还是会在观众席上给你加油的。”

他一脸爽朗的笑容，说着非常暖心的话。

“豚困……虽然你这么说是很好，可是……你的火！这不是还在手上烧着了吗?!而且火势简直比刚才看起来还更猛了！请你不要这样来找我握手好吗?!”

“啊，对不起，这个是我没注意到。”

“绝对是骗人的！你就是因为没能让大家知道你的真名，还在耿耿于怀！”

不管是输是赢，我们之间的关系都没有变，这一点让我很开心。

我和灭掉了火焰的豚困先来了个击掌，然后又握了手。

这样我也终于进入八强了。

只要我能打进决赛，就有机会和明日同学战斗。

我已经渐渐能看得到新人战的顶点了——！

*

“竟然这么干脆地就输了！”

四分之一决赛的场地，安排在教会前面的广场上。而我的对手，就是堂堂登上期待值排行榜第二位的、隶属于广播部的小遥架。

这个场地很适合直接观战，又因为是四分之一决赛这种重要比赛，观众的数量也不是一般的多。

当然了，包括戏剧部成员在内，我认识的人也全都来了，情况就是这样了。

前来应援的时雨穿着一件缝了“LOVE绘留奈”字样的粉红色法被（**注：日本人在祭奠时穿着的一种传统服饰，近年来也经常可以看到观众穿法被为登台表演的明星应援**），在比赛过程中还相当活跃地在观众席上给我加油。可当他看到这个结果后，好像也已经绝望地崩溃了。

小冰见和小花袋一脸担心地看着我，赤间同学却笑嘻嘻地静观事态的发展。

豚困脸上还戴着口罩，也能看出他有多么惊讶，兔丸倒是已经完全被我的对手小遥架给迷住了。

喵美琳前辈很开心地在一旁调戏着兔丸，熊野小姐前辈则在不停地阻止她。

凑川前辈倒还是像平常一样，摆着一张扑克脸。

明日同学也在旁边，他好像在烦恼不知道应该怎么开口，一副手足无措的样子。

而九头龙前辈则在比赛刚刚结束时就悄悄地离开了。

比赛打成了这个样子，我反而能在如此多的观众之中清楚地看到大家的样子。不过直到最后都没能看到星锁前辈的身影，让我觉得有些失望。

胜负分出之后，结界就消失了，面对好像能让整个空间都开始摇晃的巨大欢呼声和口哨声，小遥架就像一个偶像一样淡定地挥着手。而身为失败者的我，就只能就此退场了。

“……你的能力已经被对方分析得相当透彻了，而且本来双方的能力就有很大差距溜咿。”

我和毕咪一起，一边看着比赛的录像一边复盘。

录像里的我，即使已经发动了“玩具枪剑”的能力，却连小遥架的一颗水晶都没能破坏，连一个突破口都没能找到就战败了。这种实力的差距，让我连再打一次这种话都说不出口。

“彻底输了啊……”

已经打到了八强，还打败了豚困，难道不应该继续胜利下去吗？我不能骗自己，说我完全没有这种骄傲的想法。

但是不管怎么样，我的新人战都已经就此落下了帷幕。

“你也不需要这么悲观嘛溜咿！绘留奈的每一场战斗都很有冲击力，至少在受瞩目的程度上已经足够好了溜咿。”

“不知道有没有美少女会来加入我新创立的部门呢……”

“关于这一点，在下认为你首先有必要重新检讨一下这个部门的宗旨溜咿……”

我有些遗憾，觉得未来充满了阴影。但是已经结束的事情也是没有办法的。

我关掉了投影出来的比赛录像，钻进了我可爱的睡袋之中。一边从贴在睡袋内侧的小冰见的肖像画上寻找安慰，一边先让身体得到休息。

*

半决赛和决赛将在周一举行，今天是周六。也就是说，这个周末没有新人战的比赛，将是两个连续的休息日。

明日同学理所当然地继续获胜，而在大多数人的看法中，广播部的小遥架就是将在决赛里和他一争长短的人。

校报也好，还有那些投影的显示屏上也好，全都是关于这两个人即将进行的比赛的报道。

怎么说呢，我有一种被排除在外的寂寞感。

“唉，一想到我差一点就能站到小遥架所在的那个位置，就觉得有点可惜呢。”

“确实，如果打进了四强，整个情况就会有很大变化呢溜咿。不过，让你表现的大舞台又不只有新人战，接下来的期中初战你要加油啊溜咿！”

作为对之前战斗的总结，我已经把输给小遥架的那场四分之一决赛重复看了好多遍，每次都要拼命忍住才不至于大声喊出来。

虽然比赛暂时休赛了，路边摊却还是每天都在营业，之前让他们帮我画过肖像画的美术部的摊位也在其中。

我的视线和为了接待客人而坐在前面的美术部成员一对上，对方马上一脸“完蛋，是之前那个提了好多麻烦的要求的家伙”的表情，所以我也只能慌慌张张地离开了那个地方。

“对了，到那里去玩吧！”

正好我也想去当面感谢他昨天来看我的比赛。

*

“九头龙京摩同学。像你这样优秀的学生，如果愿意帮这个忙，那可真是非常感激了。”

明明是难得的休息日，却被一群穿着正装的大叔们围绕着，这样子看起来大概很像是正要被带走调查的不良少年吧，我一边走一边想着。

就在被我占用的那间美术部活动室门外的走廊上，有一大块空白的墙壁，是用来展示低年级部员作品的地方。

今天好像是一个什么破聚会，御神乐学园毕业生中比较有权威的成功人士，还有高级教师们将聚集在一起，对这里的作品进行讲评。

他们根本没征求我这个现役学生的意见，就半强迫地要我去做顾问，所以事情就变成了现在这样。

“好想回去……”

“嗯？你刚才说什么？九头龙同学？”

“不，没什么。”

还说我多么优秀，为什么他们明明不是这么想的，却可以轻松地说出这样的话呢。

“这个人已经完了”之类的，“他早就才尽了”之类的，还有“没有真材实料”之类的，他们是以为我没意识到吗？不就是这些人在背后给我贴上了这样的标签吗？

而且，我也不是那种有资格居高临下对后辈的作品指手画脚的前辈。

一行人来到活动室的附近，身边的大人们都停下了脚步。这里展示的，应该都是一年级学生的作品，不过数量也相当不少。

这些画都挂在通往我那间活动室的走廊上，所以每一幅画我都仔细看过。

我无法把作品上写的一年级成员的名字和长相对应上。连自己部门成员的名字和长相都不知道，这还真是意想不到的笑料呢。

这样看着这些画，虽然在画功上可以单纯地分出优劣，可是每幅画都有一种欣欣向荣的感觉，真是让我羡慕。

现在的我，已经只能困在无能为力的闭塞感中，把自己积压下来的理想论一次又一次封闭在画布上而已。

在听到“还是以前的笔触比较好”的评价时，我曾经抑制自己，按照评价去画，结果又被批评为“有点跟不上时代发展的步伐”。

对于这些只会叽叽喳喳絮絮叨叨的家伙们，我已经从心底里觉得厌烦了。

现在也是，他们像是不知疲倦一样在我面前重复着同样的事情。

“感觉今年新生的收成好像不太高呢。”

什么叫“收成不高”啊？不好意思，难道今年的日照时间不够吗？

“确实，这个也是那个也是，全都是同一个矢量的作品呢。这应该说是好学生呢，还是应该说没个性呢？”

是吗？我还觉得你们的存在更没个性呢。

还以为他们会继续不干不脆地发表那些抱怨的评论，结果几个人又针对其中的一副作品，展开了让我简直想捂住耳朵的、根本就是下流过分的评价。

“尤其是这幅画，完成度特别低。完全误解了创新是什么意思，这只不过是一副连基础都没有打好的劣作而已。”

“说得没错。现在一年级新生好像正在外面摆摊给人画肖像画呢……有那个时间还不如好好学学画画的基础。”

“不过，可能他们的这种水平，也就只能画画肖像画了吧，哇哈哈。”

啊，忍住啊，我自己。

因为就算我爆发了，这些家伙也无法理解。

只有坏处而已。

可是，即使明知道这一点，我还是无法沉默着听他们大放厥词。

虽然这个时间段人流比较稀少，但还是有路过的人会看到的吧。做这种事情，又会加深大家对我的惧怕吧。

我“嘭”的地一拳用力砸在墙上，深吸一口气，转头看向站在我面前的大人们……

*

“不颜前辈！我按照约定又来找你玩了！在我个人心里‘想要TA做我的绘画模特’排行榜上位居榜首的，传说中的一宫绘留奈，又迷迷糊糊地什么礼物也没带就跑来了哦！”

咚哒哒哒哒哒哒哒哒！我一边高速地敲着活动室的门，一边高声喊着九头龙前辈。

“也就是说，最好的礼物……其实就是我自己也说不定吧？

呀啊！九头龙前辈真是个闷骚色狼啊！色狼不良……简称就是色良前辈了！”

就在我这么大叫大嚷的时候，九头龙前辈打开活动室的门，出现在了我的面前。在我反应过来之前，就一把抓住我的手把我扯进了活动室里面。

“喂，绘留奈，你来玩倒是无所谓，但是不要在活动室门前喊奇怪的话啊！看到新闻部把‘九头龙京摩（通称:不颜前辈）’这种内容在报道里写出来，我才知道你的影响力有多么恐怖！”

“咦，我怎么不知道有那种报道呢……可是不颜前辈叫起来比较顺口，而且也很可爱，会很有人气哦！”

“到底是谁、什么时候、在哪里说过我想要成为有人气的人啊……”

九头龙前辈受不了地叹了口气，从冰箱里拿出一盒水果牛奶扔了过来。

“这是专门给我准备的吧！这么为人着想真是的！”

“啊，算了。你就当我是专门准备好这个给你喝的好了，快点喝完快点走吧……”

虽然九头龙前辈嘴上这么说，但是我却很清楚他其实根本没有生气，只是口是心非而已。

明明是个很温柔的人，却总是容易被人误解，然后又不解释，觉得这样也无所谓——这就是九头龙前辈了。

可是今天，我偶然看到了某个场面。

某个再会的场面。

如果这能成为一个契机的话！我偷偷带着这种想法，才跑到这里来找前辈玩的。

“九头龙前辈，你今天是刚刚才到活动室的吧？”

“是啊，为什么绘留奈你会知道呢？”

“其实我……在来这里的路上——就在那边的走廊里，看到九头龙前辈正在对老师们训话的样子。”

听起来，好像是那些人对美术部一年级学生的作品做了很过分的评价，所以九头龙前辈在反驳他们。

他并没有怒吼，而是用冷静的态度对大人们提出了抗议。

强有力地保护着一年级学生的作品，保护着美术部的后辈成员们。

“而且，当时看到那个场面的，也不只是我。上次我到这里来的时候，帮我带路的那个美术部的一年级女生也看到了。她今天也是偶然经过那里的。她呢……好像就是那幅被评价得很糟糕的画的作者哦？”

前辈沉默不语地倾听着我的话，脸上是一副“那又怎么样”的表情。

“九头龙前辈实在是被误解得太多了。但是这种误解，其实也是很容易就能解开的。虽然对你来说这可能算是多管闲事吧，但我是这么想的。”

我这番话刚说完，活动室紧闭的门上就响起了轻轻的敲击声，接着，毕咪就和那个一年级的美术部女生一起走了进来。

毕咪在她背上拍了一下，在这分鼓励之下，她鼓起勇气哒哒地小步跑到了九头龙前辈的面前。

“九头龙前辈，刚才看到你保护了我的画，我真的很高兴。你那么努力地跟他们争辩，说我的画并不是什么糟糕的作品。然后，那个，我就想来跟你道谢……”

她的声音绞在一起磕磕绊绊地说完，就唰地一下低头行了个礼。

九头龙前辈好像被这个突发的状况搞得不知道应该怎么做才好似的，把视线转向了我。该说他这样子特别可爱吧，有种撒娇的感觉，让人很有好感。

没有办法，我只好靠近前辈的耳边，跟他咬起了耳朵。

虽然九头龙前辈好像很怕痒，却并没有做出拒绝的姿态。

“啊……一年级的，呃，是叫卯月莉娜吗？你的画上写着名字来着……在，在画画方面有想问的问题的话，只，只要是我能回答得上的，都可以给你建议。”

虽然除了她的名字之外，基本上都是重复了我告诉他的话，那个女生……小卯月听了这番话眼睛都亮了，马上就开始缠着九头龙前辈问东问西起来。

肯定是从很久以前，她就有很多问题想要问这个一直尊敬的前辈了吧。就算是美术部其他的后辈成员，肯定也是跟她一样的。

我和毕咪交换了一个眼神，一起笑了起来。

如果这能成为一个转机就好了——当然也包括九头龙前辈和时雨的关系。

“前辈，感谢您给我的建议！我现在就想回那边的活动室试着画一画！”

小卯月把记录了建议的笔记本郑重地抱在胸前，腼腆地说着。看起来，今天这件事情已经让她解开了对九头龙前辈的所有恐惧和误解。

“我先走了！”小卯月行了个礼准备离开活动室，九头龙前辈犹豫着叫住了她。

“先等一下。可以的话……呃，就是说你带着画具过来，在这个活动室画也可以。在这里画画，我说不定也可以随时帮你找出有问题的地方。”

不知道他是在掩饰自己的羞怯，还是本来就是这个样子，总之他那断断续续的说话方式还是挺有意思的。

“……好，好的！非常感谢！我马上就把工具都带来！”

听到九头龙前辈的话，小卯月很高兴地跑出了活动室。

“不颜前辈，你也挺能干的嘛！真是的真是的！”

“好烦啊。你不要再说话了，小心我把你捏碎！”

虽然前辈对调戏他的我发着火，但嘴角还是挂起了一丝笑容。受到他的感染，连我都觉得高兴起来。

“下次我也能到这里来画画吗？我也有想画的东西呢！”

“好啊，随你喜欢吧。不过我好歹已经允许你随便什么时候来都行了，所以以后不要在门口又是砸门又是乱喊奇怪的内容，知道吗？”

好的变化又会带来更多好的变化。我如此坚信着。

早晚有一天，其他美术部成员也会聚集在这间狭小的活动室里，向九头龙前辈请教问题吧？这一天的到来，一定花不了多少时间！

我打从心底里这样认为。

第七乐章 出人意料的少女

“绘留奈，你怎么能在这么重要的日子里睡过头溜咿！现在新人战的半决赛都已经结束了，决赛都已经开始了溜咿！”

不知道是不是因为自己不用出场所以大意了，这可真是意料之外的失态之举。

昨天确实是和戏剧部的大家一起去唱卡拉OK，搞到很晚才结束。在大家都睡着之后，我还一个人又唱又跳的呢。

可是就算是这样，也不应该到这个时间才起床啊。太阳都已经落到很低的位置了，已经到了太阳和月亮正好要交班的时间了。

“不是有个说法，叫爱睡的孩子长得快吗，不知道我睡这么多，能不能变得像喵美琳前辈一样呢？毕咪，你说我能不能变得那么晃晃悠悠的呢？”

“你早就来不及了溜咿！那个无所谓了快点跑溜咿！”

就算再怎么赶时间，毕咪的这种说法也太过分了。

晃晃悠悠……

决赛，是在御神乐学园中能容纳最多观众人数的场地举行的，那是一座古罗马风格的圆形竞技场。

本来我想在赶往会场的路上查看终端，确认一下半决赛的结果，但是毕咪催得太急所以也没看成。

“那边就是入口溜咿！已经开始了溜咿！”

就在毕咪这样叫的瞬间，竞技场中突然传来了彷如大地震动一般巨大的欢呼声。

“咦，难道说明日同学已经赢了吗？”

“那个可能性倒是很大的溜咿。啊……难得的决赛，本来还想看现场呢溜咿！”

它用一种近乎怨恨的眼神瞪着我。我也认了……这次完全就是我不好。

不过即使比赛结束了，我也想当场恭喜明日同学，所以还是沿着楼梯猛冲了上去，从竞技场入口直接跑到了观众席。

竞技场的观众席分成好几个楼层，下面的层段现在都相当拥挤，完全挤不进去。

“只能往最上层跑了溜咿。”

“毕咪你能在天上飞倒是轻松！”

直到我已经跑到了最上层的观众席，欢呼声还是没有要停止的趋势。

“难道最后决胜负的招式有那么华丽吗？呃，咦？”

毕咪先向下看了看比赛区域，突然就没了声音。

我终于也追了上来，一边喘着气一边向下看去。然后，我就像毕咪一样无话可说了。

那个所有水晶都被破坏、倒在地上的人是——

“为什么？明日同学，输了？”

一脸痛苦的被打倒在地的，是天文部代表射水明日同学。

而且，站在另一边的胜利者——倾泻而下的巨大欢呼声好像让她觉得有些厌烦——并不是比赛前大家预测会与明日同学一起站上决赛舞台的少女，不是隶属于广播部的远石遥架。

毕咪焦急地操作着终端，查出了胜利者的名字。

“期待值是零……无隶属部门……完全没有预兆的黑马，藤白乙音溜咿。在半决赛里……也是秒杀了对手远石遥架？看起来，我们忽视了一个相当了不得的新生呢溜咿。”

这个出人意料的少女，藤白乙音……

现在只是一脸好像要睡着似的表情，百无聊赖地站在那里。

后记

我是Last Note.。

有粉丝在推特上问负责插画的明菜老师："听说Lassno老师（注：此处日文原文为粉丝对Last Note.老师用片假名来称呼的简称）本人是个帅哥，请问是真的吗？"明菜老师则在推特上回复说："是真的呢！"

这条推特我已经保存下来了，平均每天要重复看十五遍，每次都一个人很满足地自我肯定着："嗯嗯，我明白我明白！"

人类呢，积累太多疲劳就会发展出奇怪的末期症状。大家也要多加小心！

附近有一家我很喜欢的烤肉店，有那么一阵子，几乎每天一到吃饭的时间我就会去光顾。

因为每天都去，所以当然也就是我自己一个人。不过我是那种一个人去吃饭也好，一个人去看电影也好，一个人去卡拉OK纵情歌唱也完全都不会有问题的性格，所以也就完全没什么想法地每天都去烤肉店吃饭。这家烤肉店很小，我每天都去，店里当然也就记住了我的脸，也就是所谓的常客了。

一开始的时候，店员还每次都很守规矩地问我："请问您是一位吗？请问您吸烟吗？”最近已经什么都不问，就直接带我去一个人的位置了。

事情发展到这里其实还是可以的，直到那家烤肉店新来了一个打工人员，某一天我又去店里的时候，就久违地听到了招呼：“请问您是一位吗？”

这让我有了一种新鲜的感觉，但是问题也在这个时候随之发生了。

“那位客人一直都是一个人来光顾的！每次点的也都是午间套餐！你要记住哦！”店长慌慌张张地走过来，先是对那个打工的新人说，然后转头对我报以微笑，“真是不好意思，请您到常坐的位置吧。”

就这样，我被带去了禁烟区的一人位。

“一直都是一个人……那位客人一直都是一个人……”这句话一直在我的脑海中不断重复。店长那独特的、带着东北口音的声音开始了无限循环。

不，这没有什么不对！虽然并没有哪里不对，但是有些话真的说出来，却还是让人心中难以平静啊！什么“一直都是一个人”！可以的话，我希望他至少能照顾一下我的心情啊！

“那位客人一直都是很高冷的……”

希望他能使用这种听起来比较帅气的说法啊！不，这样说也不行吧！

而且“每次点的都是午间套餐”这句话也很让人不好意思

啊！因为那是最便宜、性价比最高的套餐啊！虽然我确实没有点过别的菜！

那次之后，我因为尴尬就再也无法去那家店了呢！

下次如果再去那家烤肉店的话，我一定要找个人和我一起去，然后打破老板那种“一直是一个人”的固定观念。

我还计划好，到时候要点最贵的里脊肉，把“每次点的都是午间套餐”这种可悲的印象也打个粉碎。可恶！

如此这般，御神乐学园组曲的第三卷也出版了。

怎么说呢？在写完第三卷的时候，那种在写系列作品时的感觉，才终于非常真实地膨胀起来。

此外，也在这时候有在想出场人物是不是太多了。实在是太迟了。真是非常感谢大家一直以来的包涵。

不过，因为我比较喜欢这种热热闹闹吵吵嚷嚷的气氛，所以想要在这里告诉大家，今后我还是希望人物越来越多的。

还请大家继续支持我！

Last Note.

御神乐学园组曲第三卷
恭喜发售！

最近实在是没有时间
有许多做得不好的地方，还请多多见谅……
非常感谢大家

明菜

话说回来我一直很在意
为什么在新生欢迎会上
本性应该是很温柔的京摩前辈
会去找明日同学的麻烦呢……
是因为他心情不好吗？
因为前辈的任性就被公开处刑
明日同学会有心理阴影的

御神乐学园组曲

废弃物无罪

恭喜发售

新生介绍

Rookies Profile

MIKAGURA SCHOOL SUITE
GARAKUTA INNOCENCE

隶属于 自然科学部

仓科 冬瑠

新生介绍

Rookies Profile

MIKAGURA SCHOOL SUITE GARAKUTA INNOCENCE

隶属于 广播部

远石 遥架

新生介绍

Rookies Profile

隶属于 吹奏乐器部

相良 安昙

MIKAGURA SCHOOL SUITE
GARAKUTA INNOCENCE

新生介绍

Rookies Profile

MIKAGURA SCHOOL SUITE
GARAKUTA INNOCENCE

隶属于 漫画研究会

莲见 小太郎

新生介绍

Rookies Profile

MIKAGURA SCHOOL SUITE
GARAKUTA INNOCENCE

隶属于 漫画研究会

莲见 真琴

新生介绍

Rookies Profile

隶属于 糕点部

杠 千濑叶

图书在版编目（CIP）数据

废弃物无罪 / 日本Last Note.著；(日) 明菜绘；tomo译. -- 昆明：云南美术出版社, 2016.4
（御神乐学园组曲；3）
ISBN 978-7-5489-2375-6

Ⅰ. ①废… Ⅱ. ①日… ②明… ③t… Ⅲ. ①长篇小说—日本—现代 Ⅳ. ①I313.45

中国版本图书馆CIP数据核字(2016)第058954号

责任编辑: 师　俊　韩　浩
特约编辑: 胡雨桐
美术编辑: 罗智超

本书为引进版图书，为最大限度保留原作特色、尊重原作者写作习惯，故本书酌情保留了部分外来词汇。特此说明。

御神乐学园组曲3 废弃物无罪

著　　者:〔日〕Last Note.
绘　　者:〔日〕明菜
译　　者: tomo
出版发行: 云南出版集团
云南美术出版社（昆明市环城西路609号）
印　　刷: 利丰雅高印刷（深圳）有限公司
版　　次: 2016年4月第1版
印　　次: 2016年4月第1次印刷
开　　本: 787mm × 1092mm 1/32
印　　张: 7
字　　数: 120千字
ISBN 978-7-5489-2375-6
定　　价: 24.00元

联系地址：中国广州市黄埔大道中309号 羊城创意产业园3-07C
电话：（020）38031051 传真：（020）38031253
官方网址：http://www.gztwkadokawa.com/
广州天闻角川动漫有限公司常年法律顾问：北京市盈科（广州）律师事务所